나는 마흔에 K-장녀를
그만두기로 했다

나는 마흔에 K-장녀를
그만두기로 했다

책임감과 희생에 갇힌 K-장녀의 해방일지

잔디아이 글·그림

저녁달 ☾

K-장녀를 그만두고
치유의 여정을 떠나다

"어머, 나 왜 저래? 내 평소 표정이 저렇구나."

나 혼자 사는 예능 프로그램에서 한 배우가 자기 얼굴을 가리며 말했다. 적나라하게 찍힌 일상의 표정이 부끄러워서다. 드라마나 영화에서처럼 설정된 모습이 아니라 평소 자기 표정을 본 것은 처음이었나 보다.

나도 언젠가 아이를 씻기던 중 화장실 거울에 비친 내 표정을 보고 화들짝 놀란 적이 있다. 지쳐 있는 무표정은 섬뜩하기까지 했다. 애써 눈썹을 치켜뜨고 입꼬리를 올려 교정해보았다. 아이에게 우주와도 같은 존재가 그런 표정을 짓고 있었으니 그 표정을 보는 아이의 심정이 어땠을지 걱정이 밀려왔다. 그 후 더욱 곤란한 광경이 벌어졌다. 아이도 내 표정을 배워 내게 애쓴 웃음을 지어 보인 것이다.

아뿔싸! 큰일이다. 우리는 태어나자마자 마주한 가장 가까운 사람의 얼굴을 내 세상이라고 생각하며 자라난다. 감추고 싶었던 나의 세상을 내 아이의 표정에서 발견한 나는 이제 정서적 대물림은 끝내야겠다고 생각했다.

딩동. 인생의 전환점이 될 초인종 벨소리가 울렸다. 사건의 발단은 이렇게 시작됐다. 오랜만에 우리 집에 온 엄마는 숨을 돌리고 안부를 나누기도 전에 여느 때와 같이 주방 찬장부터 열며 잔소리를 늘어놓았다.

"아휴, 반찬통 좀 착착 정리해. 화분은 안 치우고 저게 뭐니? 넌 식물은 키우면 안 되겠다. 이 수납장은 여기 말고 저기에 두는 게 나아. 내가 바꿔놨다. 그리고 환기 좀 시키라고 했지!"

엄마는 평소에도 잔소리를 끊임없이 내뱉는다. 신혼 때부터 시작해서 둘째 아이가 돌이 다 되도록 여전했다. 나의 상황 따위는 상관이 없었다. 집안 살림을 매우 중요하게 여기는 엄마와 나의 기준은 너무나도 달랐다. 나는 내 기준에 맞춰 적정하게 살림을 유지하고 때로는 비용을 들이면서 아낀 에너지를 다른 곳에 투자하고 있었다. 그건 나라는 주체가 결정한 것이다.

그럼에도 평생 들어온 엄마의 잔소리는 내게 보이지 않는 사슬이 됐다. 매일매일 어질러질 수밖에 없는 장난감을 정리하고 살림을 하면서 물에 젖은 솜이불처럼 무거운 마음으로 아기를 돌보고 먹이고 재웠다. 내 안에 들어앉은 부모님의 잣대와 수많은 비난이 좀비처럼 되살아나 계속 나 자신을 못마땅하게 여겼고 학대했다. 왜 가슴이 답답하고 우울한지도 몰랐다.

코로나19가 시작된 시기에 둘째 아이가 태어났기에 마스크도 못 쓰는 아기를 데리고 밖에 나가기도 힘들었다. 옴짝달싹 못 하고 갓난아기를 돌보는 딸에게 잔소리라니. 엄마는 어쩌다가 와서 자신과 동일시하는 딸이 얼마나 부족한 사람인지 일깨워주곤 했다. 다른 때 같았으면 말을 좀 들어주고 화를 속으로 삭이며 넘어갔을 것이다. 그런데 육아로 인해 몸도 마음도 지쳐버린 나는 인내심이 한계치에 다다라 이렇게 소리치고 말았다.

"엄마, 그만 좀 해. 남의 살림에 왜 자꾸 간섭하는 거예요! 엄마 집이나 잘 관리하시고, 환기를 시켜야겠으면 그냥 조용히 창문을 여세요!"

"너는 매번 토를 달지. 그냥 알겠다고 한 적이 없어. 나는 뭐 오고 싶어서 오는 줄 아니? 네 사촌 언니는 이모가 아무리 혼내도 고분고분 대답한다는데 말이야. 지금도 네가 이렇게 나를 무시하는데 더 늙으면 오죽할까 싶다. 이럴 거면 그냥 인연 끊자! 자식 복도 없지 나는!"

"오고 싶지 않은데 왜 오는 거야? 의무는 이제 그만이에요. 그리고 누가 누구를 무시하고 있는지 생각해보세요. 자식 복? 나는 다른 부모랑 비교할 줄 몰라서 여태 안 한 줄 알아? 그래 인연 끊어! 집에 가세요!"

엄마는 논리 없는 언어 구조로 자녀의 마음에 연민과 죄책감을 심어 꼼짝 못 하게 만드는 재주가 있다. '엄마'라는 이름 자체가 무기고 방패, 아니 깡패다. 손녀를 보러 온 푸근한 할머니가 아닌 불편한 감시자다. 엄마는 본인이 하고 싶은 아무 말을 기어코 배출했고, 나는 벌떡 일어나 엄마를 현관으로 안내했다. 엄마는 그 후 내 연락을 받지 않았고 우리 가족이 다소 먼 지역으로 이사를 가기로 했을 때조차 내 전화를 거부했다. 우리는 그렇게 6개월간 연락하지 않았다.

그래. 물리적으로도 멀어졌으니 차라리 다행이야. 내가 차마 못 하고 있던 몸과 마음의 거리 두기, 엄마가 먼저 발을 뗀 거다. 나는 이제 더 이상 어린아이가 아닌데 아직도 조건부 유기 협박이라니.

"자꾸 울면 할머니는 집에 갈 거야."

엄마는 가끔 첫째 아이에게 이렇게 말하곤 했다. 감정을 억제하지 않으면 애정을 철회하겠다는 농담 같은 말도 내게는 불편하고 힘들었다. 세상에 '그냥 하는 말'은 없다. 이제 엄마의 입맛대로 조종하는 그런 말도 더 이상 듣지 않아도 됐다.

'그래도 부모 덕에 내가 이렇게 살아 있잖아.'라며 스스로를 이해시켰던 수많은 나날이 있었다. 이전에는 얇은 애정의 끈이라도 잡고 있어야 세상에 나가 살아갈 힘이 생긴다고 생각했었다. 그러나 그 끈이 썩은 동아줄이고 의존적인 집착의 끈이라면 이제 그만 놓아야 한다. 죄책감 가질 필요는 없다. 서로가 온전한 자기 자신으로서 살아가기 위한 길이니까.

첫째 출산 후부터 마음 치유를 위해 여러 책을 읽으며 마음을 가다듬으려 노력해오면서 겨우 꺼지려는 불에 다시 기름을 부은 엄마와의 만남 이후 나는 참 오랫동안 깊은 무의식의 심연으로 가라앉았다. 그제야 마음속에 꼭꼭 눌러 담아 외면했던 희미한 기억들까지 더욱 선명하게 밀려 나오기 시작했다.

똑똑똑. 반투명 유리 너머로 문을 두드리는 소리가 들려왔다. 머나먼 과거로부터 힘겹게 찾아온 어린 시절의 나였다. 5살인 첫째의 울음에 5살이었던 나의 기억이 소환됐다. 사실 많은 기억이 끝없이 소환되어 내 삶을 뒤흔들었지만 오랫동안 외면하고 있었다. 하지만 더 이상 모른 척할 수 없었다. 나는 할 수 없이 문을 열었고 어린 소녀와 마주했다. 소녀는 무기력한 표정과 몸짓으로 여러 이야기를 들려주었다.

완벽해야만 내 가치가 입증될 것 같다는 압박, 장녀로서의 책임감, 존재 자체로 인정받지 못했던 결핍, 어린아이를 한 인격체로 대우할 여력이 없었던 사회 분위기, 아빠는 하늘이라는 가부장적 권력 안에 정당화된 신체적·정신적 폭력들, 자아가 다져지지 않은 마음 위에 세운 타인의 감정, 나의 감정은 억제하고 어른들을 헤아리기를 요구했던 부모님, 어린아이였지만 계속해서 속 깊게 굴어야 할 것 같은 부담스러운 칭찬, 우리가 아닌 남의 삶을 기준으로 두었던 엄마의 과도한 요구와 비교, 불행 배틀을 하듯 자신의 옛 시절과 비교하면 나 정도는 힘든 것도 아니라던 아빠의 말, 소리내어 울지 못하고 베갯잇에 얼굴을 파묻고 바다만큼 흘렸던 눈물….

나는 그 소녀에게 모든 책임과 감정으로부터 해방되어도 괜찮다고 말해주었다. 매사 마음 졸이느라, 긴장하느라, 양손 양발을 동원해도 자꾸만 쓰러지는 모래성을 지키느라 고생했다고. 그리고 삶을 점검할 수 있는 마흔이라는 분기점에 나를 찾아줘서 고맙다고 말해주었다.

이렇게 써내는 나의 이야기는 내 얼굴에 침 뱉기가 아니다. 이 이야기는 결코 개인의 문제로만 치부할 수 없는 사회적 고발이기도 하다. 나의 어두운 부분을 드러내는 것에는 나를 정면으로 직면하는 용기도 필요했다.

이제는 스스로 인지하지 못했던 자책, 비난, 비교를 그만두고 건강한 방식으로 성장하는 내가 될 것이다. 목표치에 빠르게 도달하지 못하더라도, 노력하고 있는 나를 칭찬해줄 것이다. 있는 그대로의 내 모습을 수용하고 사랑할 때, 내 아이와 타인을 진정으로 사랑할 수 있을 테니까.

마흔이라는 인생의 분기점에서 나는 나로 살아가기 위한 치유의 여정을 떠난다.

목차

2장 무의식의 뿌리로 거슬러 올라가다

3장 회오리 폭풍 안에서 맞이한 뜻밖의 평온

4장 세상살이 프리패스 자기 사랑

1장

내 아이의 얼굴에 비친
K-장녀의 어린 시절

나는 대한민국의
K-장녀다

　나는 어려서부터 내가 어떤 사람인지는 몰랐어도 부모님을 모시고 사는 장남의 첫째 딸이라는 사실은 알았다. 타고난 성격은 타인에게 순종적이면서도 민감성이 높아, 같은 상황에서 다른 사람들보다 더 많은 정보가 오감을 통해 흡수됐다. 그래서 나의 감정보다 엄마의 감정을 먼저 알아차렸고, 가족들의 갈등 속에서 관계를 헤아리고 조율해야 했다. 의견을 내세울 수도, 그렇다고 아예 놓아버릴 수도 없이 애쓰느라 어린 시절부터 마음의 총량이 소진되어버린 나는 늘 의욕을 상실한 느낌이었다.

　집단 속에서 나는 항상 애매한 위치에 있었다. 회의나 모임에서 사람들 간 이익과 편의를 조율할 때, 나는 주로 조용히 있거나 중간을 택했었다. 오랜 기간 억압적인 분위기에 적응된 나는 딱히 의견을 내세워서 취하고 싶은 것도 없어졌다. 큰 틀을 벗어나지 않는다면 이래도 저래도 좋았지만, 이러다 점점 물맛 인간이 되어버리지는 않을까 염려도 됐다. 간혹 남이 주장해서 얻은 결과물의 혜택을 내가 누릴 때면 마음이 편치 않았다. 이런 애매함은 인간관계에서도 적용됐다. 사람들끼리 편이 갈리면 어느 편에도 속하지 않으려 했다. 차라리 외로운 게 더 나았다. 사람들과 부대끼기보다는 혼자 있을 수 있는 자신이 내심 멋져 보이기도 했다.

그런데 어느 날 문득 의문이 들었다. 사소한 일이라도 무언가에 열정을 쏟을 수는 없을까? 나이가 들면 자동으로 안전 모드에 진입할 텐데 젊어서부터 이럴 필요가 있을까? 곰곰이 생각해보니 여러 이유가 혼재되어 있었다.

정신의학자인 알프레드 아들러는 출생 순서에 따른 성격 형성에 관해 설명했다. 일반적으로 첫째는 책임감 있고 원리 원칙적이며 통제적이고 보수적인 성격을 가진다. 둘째는 첫째와 막내 사이에 끼여 적응을 잘하고 경쟁적이며 야심가가 많다. 막내는 어린 시절부터 손위 형제들의 역량에 못 미친다는 열등감을 느끼며 자라지만 귀여움, 사랑스러움을 생존 전략으로 삼는다. 후에 성숙한 어른으로 자라나면서 열등감이 동력이 되어 형제들을 능가할 정도로 재능을 발휘하기도 한다.

'한 배에서 나온 자식인데 정말 다르다.'라는 말이 있다. 그것은 사람마다 기질이 다르기도 하지만 첫째와 둘째를 바라보는 부모의 시선도 다르기 때문이다. 유교 사상의 최전선을 달리는 아빠와 그에 못지않은 자존심과 통제력을 지닌 엄마의 스펙터클한 줄다리기. 나는 엄마가 없으면 대신 엄마 노릇해야 한다는 책임감을 짊어진 채 어린 시절을 보냈다. 할머니가 계셨지만 할아버지와 데면데면했던 냉담한 분위기, 주방 선반 위에 놓인 밥솥에 손이 닿지 않아 블록 통을 밟고 올라가 밥을 푸고 할아버지의 점심상을 차리곤 했던 날들, 내게 많은 역할을 맡기면서도 정작 나에게 요구하는 아빠의 강압적인 명령은 싫어했던 엄마의 복잡하고 일관성 없는 세계. 그 속에서 어린 소녀는 TV 속 '신사동 그 사람'을 부르는 가수 주현미가 우리 부모님이었으면 하는 꿈을 꾸며 현실에서 비현실로 도피하곤 했다.

어린 시절 함께 울고 웃었던 빌런이 있었다. 그건 바로 내 남동생인데, 또래 친구들과 놀고 싶은 나를 지구 끝까지 따라다녔다. 동생은 집안에서 받은 억압을 밖에 나가 풀며 개구쟁이 짓으로 나를 방해하고 괴롭혔다. 나는 함께 놀다가도 동생이 다칠 때는 걱정되면서도 내가 혼날까 봐 전전긍긍했고, 동생을 잃어버렸다가 찾았을 때는 마음이 한껏 후줄근해지기도 했다. 퇴근한 엄마의 얼굴을 보면 긴장을 놓고 엉엉 울었던 기억이 난다. 이런 마음을 누군가 토닥여줬으면 좋으련만 가족구성원들 또한 자기 자신에게도 충만하지 못했기에 상대가 자녀라 하더라도 따스하게 품을 수 있는 마음의 여력이 없었다.

타인의 요구는 충족될수록 더 커지는 법이다. 긍정으로 이끌어주는 말보다 비교와 비난과 체벌로 능력치를 끌어내는 부모님의 방식이 나는 잘못된 건지도 몰랐다. 남들도 다 그렇게 산다는 말은 내가 가진 힘으로는 이겨낼 수 없는 무리한 요구들

앞에 무력감을 느끼게 했다. 이런 환경에서 나에게 주어진 선택지는 3가지였다. 더 말이 안 통하는 막무가내가 되거나, 내 할말도 못 한 채 찌그러져 살아가거나, 언제 닥칠지 모르는 상황에 철저한 근거를 댈 수 있도록 뇌 속에 비대위를 따로 설치하거나(이 경우 뇌 과부하 부작용은 감수해야 한다).

항상 장착하고 있어야 했던 긴장감과 가슴속 답답함은 병원에 가서 검사를 해도 이유를 알 수 없는 신체화 증상으로 나타났다. 내 가방은 약국이라 불릴 만큼 언제나 약이 가득 있었고, 이제는 지긋지긋해진 약을 그때는 자주 복용했었다. 그래도 신기했던 건 마음 깊은 곳에 생에 대한 불씨가 살아 있었다는 것이다. 그 불씨를 살려줄 장작을 제대로 만나기만 하면 다시 에너지를 내어 불타오를 거라는 사실을 알고 있었다. 나는 그런 사람이었으니까.

'이 또한 지나가리라.'라고 많이들 말한다. 버티는 자가 승리한다고 했다. 사막을 하염없이 걷는 것 같았던 20년이 넘는 긴긴 세월도 결국 지나가더라. 숨이 붙어 있기만 한다면. 이제 어른이 된 나는 할 수 있는 일이 많아졌고, 내 안에 살려놓은 불씨를 피우면 된다고 생각했다.

누구도 내게 위로와 격려의 말을 해줄 수 없다면 내가 말해주면 된다.

"그동안의 애씀에 수고 많았다. 이제는 네가 원하는 것을 마음껏 말하고 행하렴. 앞으로는 너 자신을 먼저 아끼고 너를 사랑하는 사람들로 주변을 채워나가길 바란다."

생애 최초의 기억

　코넬 대학교 치 왕 교수의 연구에 따르면 생애 최초의 기억은 정서적으로 충만한 경험일 가능성이 높다고 했다. 보통 아이 중심의 언어를 자주 들려주는 서양은 만 3.5세, 전체를 돌아보게끔 하는 언어를 들려주는 동양은 4세의 기억이 생애 최초의 기억이라고 했다. 그렇다면 내 최초의 기억은 언제일까? 기억의 바닷속 어렴풋이 보이는 해마를 따라가보았다. 무의식의 심해에는 내 정서의 단서가 될 생애 최초의 기억들이 상영되고 있었다.

　3살, 아빠는 작은 발로 서툴게 걷는 내 손을 잡고 마당에 나가 동네 언니 오빠들에게 나를 소개했다. 나의 귀여움을 자랑스러워하던 아빠와의 장면은 아주 짧은 영상으로 기억 속에 남아 있다.

　5살, 펑펑 눈이 내리는 겨울이었다. 엄마는 문간에 나를 앉혀 놓고 마당에 펑펑 내리는 눈으로 눈사람을 만들었다. 나는 가만히 앉아 처음 본 눈을 신기해하며 좋아했다.

"눈이 오네! 와, 너무 예쁘지?"

엄마는 내게 눈사람이란 존재를 알려주려고 눈을 열심히 뭉쳤고, 나뭇가지와 성냥을 붙이면서 "이것 봐라. 눈썹이다. 이것 봐라. 손이 된다."라며 좋아했다. 이 장면은 성인이 되어서도 머릿속에 생생하게 남아 있어서 눈 오는 날이나 어린 시절을 추억할 때 떠올리면 마음이 따뜻해지곤 한다.

5살, 8월 24일. 4살 터울 남동생이 태어난 날이었으므로 분명 이 날짜다. 한낮이었다. 엄마는 배를 부여잡고 아기가 나올 것 같다고 이웃집 할머니를 모셔 오라고 했다. 뭔가 모를 급박한 분위기에 쏜살같이 달려 나가 대문 앞에서 할머니를 불렀다.

할머니는 택시를 불러 뒷좌석에 엄마를 눕히고 나는 조수석에 탄 할머니 무릎에 앉아 병원으로 향했다. 할머니가 무릎에 나를 앉히고 손깍지를 껴서 안고 있던 장면은 스틸컷처럼 기억 속에 오랫동안 남아 있다.

이렇게 나에게도 정서적으로 충만했던 기억들이 있었다. 문제는 잊고 싶은 기억들까지 머릿속에 생생하다는 것이다. 상상과 경험, 시각적 이미지를 저장하는 뇌가 더 발달한 이유도 있지만, 이는 공포나 큰 트라우마를 꾸준히 겪은 뇌의 편도체가 해마를 자극해 단기 기억을 장기 기억으로 넘기는 현상이라고 한다. 편도체가 계속해서 자극되는 경우 언제 들이닥칠지 모르는 불안을 대비하기 위해 기억이 장기화되는 것이다. 망각은 신이 주는 선물이라고 했지만 안타깝게도 나는 그 선물을 받지 못했다. 언제든지 끄집어내기만 하면 필름이 상영되듯 펼쳐지는 눈앞에 나쁜 정서의 기억들은 무의식의 심해 곳곳에 숨겨져 있었다.

5살, 방문을 열었는데 문소리에 잠이 깬 아빠가 호통을 쳐서 무서워했던 장면이 떠오른다. 그 뒤로 며칠 동안은 '삼지창을 든 도깨비'가 문을 열고 나를 해치려고 들어오는 꿈을 꾸었다. 지금 생각하면 꿈속의 도깨비는 아빠를 상징했던 것 같다.

7살, 어린이집을 마치고 곧바로 집에 돌아오기로 엄마와 약속했다. 그런데 그 사실을 까맣게 잊고 나는 어린이집 바로 옆에 사는 친구 집에 놀러 갔다. 결국 친구 집으로 찾아온 엄마는 무척 화가 나 있었고, 나는 집으로 돌아가 매를 엄청나게 맞았다. 나를 때리고 펑펑 울던 엄마의 모습이 매우 충격적이어서 아직까지도 생생히 기억난다. 아무리 생각해도 그런 이유로 어른이 그렇게까지 울지는 않았을 텐데. 냉담한 대가족 안에서 여러 가지로 힘들었을 엄마를 이해할 수 없던 어린이는 자신의 잘못보다 큰 대가를 치렀다. 엄마의 눈물을 본 7살 어린이는 '눈치'로 세상 이치를 파악하며 일찍 철든 아이가 되어갔다. 조숙했던 7살 어린이는 착한 아이 콤플렉스 그물에 걸려버렸고 '진짜 자아'는 바닷속 어두운 곳으로 잠식됐다.

심리 상담을 받은 1년 동안 내게 휴지는 필요 없었다. 끊임없이 감정을 억제하라는 내면의 소리로 뇌 시스템이 고장난 지도 오래된 상태였다. 나는 어린아이라면 충분히 할 법한 일들을 했음에도 부모님의 삶의 무게를 함께 나누어 짊어져야만 했다.

그 기억을 소환한 이후, 내 아이들 앞에서 죄책감을 안기는 눈물을 보이지 말아야겠다고 다짐했다. 부모가 자신의 안에서 해석하지 못하고 자녀에게 넘겨버린 감정의 찌꺼기는 자녀의 마음 성장과 독립을 방해한다.

이외에도 이해 안 되는 나쁜 정서의 기억들은 미제 사건으로 남아 내 마음속에 안개처럼 떠돌았다. 5살인 딸이 실수를 하면, 5살 때 나의 실수가 떠오르곤 했다. 때마다 떠오르는 그놈의 기억들은 너무도 혹독했던 과거를 소환해 나를 괴롭혔다. 부모님의 야단을 피할 때마다 나는 벽과 가구 틈으로 숨어들어 오랫동안 나오지 않았다. 그 기억은 형태와 강도만 달라졌을 뿐 내 아이에게 재현되고 있음을 자각하고 자책하기를 반복했다.

부모님과는 전혀 다른 삶을 살 거라고 자신했던 나는 왜 똑같은 상황을 전개하는 걸까? 부모님도 사람이기에 때로는 아이에게 버럭 화를 내기도 한다는 사실을 인정하지 못하고, 부모님이 내게 그랬던 것처럼 스스로에게 높은 도덕적 잣대를 들이미는 걸까? 첫째를 키울 때 마치 육아를 해본 것처럼 여유롭게 키운다는 주변 엄마들의 칭찬에도 나는 자책하고 또 노력했다. 이런 반복까지도 유전자로 대물림되는 걸까? 일개미는 유전자에 입력된 대로 끊임없이 먹이를 나르며 여왕개미의 번식을 돕다 죽는다. 개미와 나는 다를 게 없는 생물학적 개체일 뿐인가?

생물학자인 리처드 도킨스는 저서 『이기적 유전자』에서 인간은 유전자 보존을 위해 맹목적으로 존재하는 숙주에 불과하다고 설명했다. 인간이 형제와 자식을 사랑하는 방식마저도 자기와 비슷한 유전자들을 되도록 많이 남기기 위한 프로그래밍의 일환이라고 말했다. 이러한 이기적 전략으로 인해 지구상에서 복잡하고도 고도의 지능을 갖춘 생명체로 진화했다고 주장했다. 유전자 보존의 숙주로써만 인생을 살다 가긴 싫다. 나는 숙주 따위가 아닌 자아 성찰이 가능한 지능적 인간이고, 그런 자신을 바라볼 수 있는 또 다른 내가 있다. 인간에게는 동물과 다른 메타인지 능력이 있어서 지금처럼 진화할 수 있었다. '산후우울증'도 그 근본 원인을 찾아보게 만드는 결정적 계기가 되어주었다. 나의 마음 치유 과정은 이렇게 시작됐다.

- 1단계: 아이의 힘든 얼굴을 보며 자책과 비난으로 물든 나를 자각했다.
- 2단계: 장녀로 살아온 과거의 뿌리를 따라가기 시작했다.
- 3단계: 공부와 연습을 통해 사랑의 언어를 외우고 말해 봤지만 진정성에 대한 의문이 생겼다.
- 4단계: 나를 사랑해야 아이와 타인을 사랑할 수 있음을 깨달았다.
- 5단계: 자아 성찰을 통해 진정한 나로 살아가려는 강한 의지가 생겼다.

"사랑이 머리에서 가슴으로 내려오는 데 70년이 걸렸다."는 김수환 추기경의 말처럼 1~2년 안에 빠르게 치유를 완료하고 평안을 얻겠다는 마음도 욕심일 수 있겠다는 생각이 들었다. 꾸준히 연습하고 훈련하다 보면 언젠가 내 아이와 타인을 사랑하는 날이 올 것이라 믿는다.

어느새 나의 사랑이 머리에서 가슴으로 내려오는 날이 오겠지.

내 물건도 맘대로
못 고르는 바보 병신

결혼을 앞두고 한창 신혼집을 꾸미던 때의 일이다. 나만의 살림을 처음 꾸리는 일이니만큼 신혼집 벽지는 상큼한 색으로 시작하고 싶었다. 지금처럼 기술이 발전되지 않았던 당시는 전문 인력 앱보다는 발품과 입소문으로 인테리어 업체를 더 많이 찾던 때였다.

이사와 인테리어에 노하우가 있는 엄마에게 잘하는 인테리어 가게를 묻고 싶었지만 주저했다. 하나를 물어보면 너무 깊고 강하게 간섭할 것이 뻔했다. 그래도 내가 처음 대면하는 영역이었기에 덤으로 따라오는 불편함은 잘 대처해보기로 하고 엄마에게 물었다. 역시나 엄마는 작전팀 수행 요원처럼 이모들 연락망을 이용해 신속하게 정보를 알아냈다. 그러면서 신혼이라 '아무것도 몰라서' 바가지 쓸 수 있다며 덧붙였다.

"거기 가서 '누구누구 소개로 전화했는데요. 저렴하고 좋은 벽지 좀 추천해주세요.' 이렇게 얘기해라."

어린아이에게 당부하듯 대사까지 알려준 것이다. 익숙한 간섭과 무례함의 기운이 스멀스멀 느껴졌지만 그냥 알겠다고 답했다.

그런데 그 이후가 문제였다. 엄마와 외출 후 함께 집으로 돌아가던 길에 엄마는 내게 묻지도 않고 갑자기 차를 돌려 방산시장으로 향했다. 벽지 가게를 둘러보자는 것이다. 여러 곳을 둘러보시더니 한 가게로 나를 끌고 들어갔다.

사장님은 두꺼운 벽지 앨범 몇 개를 가져오셔서 원하는 벽지를 골라보라고 하셨다. 그 당시 포인트 벽지가 유행이었는데, 나는 거실 한쪽 면을 민트색으로 채우고 싶었다. 싱그럽고 톡톡 튀는 색은 신혼 때가 아니면 해보기 쉽지 않을 것 같았기 때문이었다. 그런데 엄마는 내가 애써 고른 민트색 벽지는 안 된다고 했다.

"흰색 벽지가 무난하고 깔끔해. 민트색은 결국 질려."

"질려도 해보고 질릴래. 신혼 때 아니면 못 할 것 같아."

실랑이가 길어지자 뒷짐을 진 가게 사장님은 중간중간 끼어들어 "자녀분이 하고 싶은 걸 해보라고 하세요, 허허."라며 멋쩍게 웃으셨지만, 긴 시간이 흘러도 엄마와 나의 의견은 모이지 않았다. 벽지를 결제할 경제권도 나에게 있었지만 나는 강하게 저항하지도 못하고 그저 옥신각신하고 앉아 있었다.

대화를 듣다 못 한 사장님은 내 편을 들어 말씀하셨다.

"어머님, 솔직히 누구 집 벽지를 고르는 건지 모르겠어요! 신혼집인데 자녀분이 원하는 걸로 골라야죠."

엄마는 팔짱을 끼고 입을 앙다물더니 이내 낯빛이 어두워졌다. 결국 나는 "사장님, 흰색으로 해주세요."라고 말씀드리고 승리의 표정을 한 엄마와 가게를 떠났다.

나는 서른이 넘어서까지 내가 살 집에 벽지 하나 내 맘대로 못 고르는 바보 병신이었다. 어디서부터 잘못된 걸까? 처음부터 아예 엄마에게 물어보지 말았어야 했나? 왜 내 인생을 내가 주관할 수 없는 걸까? 엄마와 딸이 서로 의견을 존중하며 데이트하는 것이 내게는 왜 이렇게도 어려운 일인가? 엄마는 다른 사람들과는 그렇게 지내면서 딸하고는 왜 안 되는 걸까? 나는 왜 더 강하게 의견을 말하고 자리를 빠져나오지 않았을까? 남들은 결혼이란 무엇인지, 인생이란 무엇인지 깊이 고민하는 시점에, 나는 벽지를 파먹고 앉아 있었다.

결혼은 자녀가 부모로부터 독립되어 하나의 가정을 꾸린다는 의미다. 신혼집은 실거주할 신혼부부가 원하는 대로 꾸미는 게 맞다. 현대사회에서 벽지 하나 잘못 골랐다고 가족을 잃을 염려도, 사회생활 제대로 못 할 일도 없다. 시행착오는 겪을수록 좋은 것이고 능통과 만족으로 가는 귀한 경험일 뿐이다.

그래서 신혼집 벽지는 흰색으로 했냐고요? 아닙니다. 가게를 나오면서 사장님께 슬쩍 귓속말로 "사장님, 민트색이요!"라고 말하고 나왔어요. 사장님은 미소를 지으며 알겠다고 답하셨고요.

모성애 너마저

나의 아이들은 수중분만으로 태어났다. 나는 귀여운 생명체들과 놀아주는 일에 서툴렀기에, 아이와의 정서적 교감을 위해 자연 출산을 선택했다. 부모 자식 간의 사랑은 거저 오는 것이 아니라, 부단한 노력이 필요하다는 사실을 출산을 통해 많이 깨달았다.

그래도 그렇지, 이게 웬걸. 아기가 태어나면 모성애가 자동으로 장착되고 핑크빛 나날이 펼쳐질 줄 알았다. 그런데 수유할 때마다 분비되는 옥시토신으로 인한 사랑의 호르몬과 동시에 우울한 기분이 나를 사로잡았다. 세상 밖으로 향했던 기운은 끊임없이 내면으로 향했고, 그 시스템은 오로지 아이를 지키고 몰두하는 데만 최적화됐다. 힘든 것과는 별개로 아기는 사랑스러움으로 엄마와 아빠의 보호 본능을 일으켰지만, 먹이고 재우고 똥오줌 기저귀를 갈아주며 밤낮으로 아기의 생명에만 온 신경을 곤두세우다 보니 나는 세상과 단절된 느낌을 받았다.

신혼 시절, 남편과 나는 결혼 전처럼 각자의 삶을 유지하며 살아왔다. 그런데 이제는 타인을 위해 나의 모든 시간과 에너지를 바쳐야 한다는 사실을 마음 깊은 곳에서 받아들이기 힘들었나 보다. 모유수유를 하는 엄마와 아이의 아름다운 사진, 엄마의 모성과 희생을 당연시하며 포장된 사회적 이미지에 뒤통수를 제대로 맞은 기분이었다. 단순히 산후우울증이라는 딱지를 붙이고 넘겨버릴 일이 아니었다.

- 엄마로서 아이의 생존에 집중하기 위해 세상으로부터 철저히 고립된 생물학적인 나
- 세상과 단절되지 않으려 발버둥 치는 존재 자체로서의 나

내 안에는 2개의 자아가 싸우고 있었다. 어느 한쪽도 져서는 안 될 육아 전쟁이 선포된 것이다. 이 전쟁은 아이가 아닌 나 자신과의 전쟁이었다. 낄끼빠빠를 모르는 '체력'은 언제나 이 둘의 전쟁 사이에 끼어들었다. 사고로 뼈가 부러져도 회복하기까지 1~2년은 걸린다. 그런데 출산 후 릴렉신 호르몬의 영향으로 관절과 뼈 나사들이 헐거워진 상태에서 재활 기간도 없이 곧바로 시작된 육아는 강도 높은 노동이었다.

아이가 태어난 초반에는 하루 종일 쪽잠만 자면서 아기가 깨서 울 때마다 벌떡 일어나서 30분 정도 수유를 했다. 그러고 나서 15분 동안 등을 문질러 트림을 시킨 뒤 다시 재웠다. 아기는 밤낮을 가리지 않고 하루 종일 2~3시간에 한 번씩 깨서는 모유

를 먹고 다시 잠에 들었다. 아기 울음소리에 레이더가 켜진 상태로 깊은 잠을 이루지 못하는 나날이 지속되면서 내 체력은 회복되지 않았다. 열심히 먹어가며 채운 모유는 아기의 대단한 젖 빠는 힘으로 쭉쭉 빠져나갔다. 아기를 가슴에 안기만 해도 징, 하고 모유가 돌고 돌아 모이는 느낌으로 유선의 위치가 확실히 느껴졌다. 기름진 음식을 먹으면 모유가 바로 끈적끈적해지고 유선이 막혀 팽창하면서 욱신거림이 그대로 느껴졌다. 모유수유가 끝난 이후에도 기름진 음식을 먹으면 혈관의 민감도는 그대로 유지되어 음식을 조절하게 됐다.

그 외에도 정말 많은 인체의 신비를 느끼다 보니 '인간의 몸은 생존과 번식을 위한 개체일 뿐인가?'라는 생각이 들 정도였다. 이처럼 중요한 생명을 돌보는 자세한 과정이 교과서에는 왜 나오지 않는지 의문이었다. 처음으로 엄마가 되어 마주한 아기의 세계는 우주 대혼란 그 자체였다.

그래서 작가 알랭 드 보통은 『낭만적 연애와 그 후의 일상』이라는 책에 이렇게 썼는지도 모르겠다.

아기보다는 일반 가전제품이 더 상세한 취급설명서와 함께 온다.

한번은 엄마에게 질문했다.
"엄마도 출산하고 이렇게 힘들었어?"

"나는 제왕절개해서 기억이 없다. 네가 잠을 하도 안 자고 유별났던 것 말고는."

"수유할 때는 정말 힘들었겠다."

"글쎄, 나는 둘 다 분유로 키워서…."

"그래도 처음엔 엄마 젖 먹었을 거 아니야."

"모유가 안 나와서 거의 못했을걸?"

"아휴, 거짓말도 할 줄 모르고. 백과사전 나셨어, 정말."

"너는 매일 내가 살갑게 대한 적이 없다고 하는데, 아기 때 널 얼마나 예뻐했었는지 아니?"

강아지 새끼든 사람 새끼든 어릴 땐 누구나 귀엽고 예쁘다. 나를 예뻐했다는 엄마의 말은 늘 과거형이었고 내게는 그 기억이 별로 없다는 사실이 애석할 뿐이다. 엄마는 잊었을지 몰라도, 주변 엄마들의 이야기를 들어보면 산통은 산통대로 겪고 끝끝내 제왕절개를 했을 상황이 얼마나 힘들었을지 알고 있다. 요즘처럼 좋은 육아용품도 거의 없던 시절에 나와 동생을 키우며 힘들었을 엄마를 공감하고자 이야기를 꺼냈지만 할 말이 뚝 떨어졌다. 여기까지 민감성이 낮은 사고형 엄마와 민감성이 높은 감정형 딸의 궁합 이야기였다.

초등학교 5학년 때 봤던 우리집 강아지 '누리'의 출산도 떠올랐다. 누리는 약해진 몸으로 새끼들을 돌보느라 잠도 휴식도 제대로 취하지 못했다. 본래 예민했던 누리는 더욱 뾰족해졌고,

내가 꼬물거리는 새끼들 근처를 지나가기만 해도 으르렁거렸다. 그래서 나는 까치발을 들고 새끼들을 최대한 피해 다녔다. 그때는 누리에게 무척 서운했지만 내가 출산을 겪고 나니 그때의 누리가 떠올랐다. 당시 찍은 사진을 보니 털도 푸석하고 젖을 주느라 깡마른 누리의 모습이 너무 안쓰럽게 느껴졌다.

어미의 본능은 그렇다 치더라도 내게 새로운 우주와도 같은 존재인 아이는 어떡하나? 내가 바라보는 마음의 창으로 세상을 살아갈 텐데. 비바람에 나풀대는 그 창이 그리 탄탄하지 못해서 어찌하나? 아이를 보호하기 위하여 그동안의 개인적 경험을 총망라한 불안이 쓰나미처럼 밀려오기 시작했다.

상황이 이렇다면 속성반이라도 좋다. 아이가 자라기 전에 내가 급히 자라자. 아이를 위해 산다는 말은 틀렸다. 내가 먼저 바로 서야 아이도 산다. 내 몸과 마음이 유약해진 틈을 타 나를 파괴하려는 타인의 압력에 흔들리지 않아야 한다. 상대의 비난은 상대의 것이라고 진심으로 여길 수 있을 때까지 끊임없이 연습하자. 평온의 창을 물려받을 수 없었다면 책을 통해 멘토를 만나는 수밖에. 임신 전부터 많은 육아 서적을 보니 태교, 신체, 정신, 인지 교육 등 이목을 끄는 카피들이 많았다. 그런데 육아전문가들이 입을 모아 말하는 핵심 메시지는 하나였다.

'아이 자신이 온전히 느끼는 부모의 사랑과 신뢰'

이것이 부모가 아이와 함께 보내는 절대적인 시간보다 훨씬 중요했다. 부모의 불안과 걱정으로 아이를 잠식시키기보다 아이가 사랑과 신뢰의 언어를 온전히 느끼도록 하는 것이. 아이는 자신의 때에 꽃을 피우고 자기만의 열매를 맺는다. 아이의 생명력은 대자연처럼 강인하고 아름답다.

'느린 아이'라는
주홍 글씨

우리 아파트는 늦은 밤 1층에 주차를 하면 아침에 차를 빼달라는 연락이 종종 온다. 그날도 차를 빼달라고 연락이 온 날이었다. 바쁘게 하던 일을 멈추고 부리나케 나갈 준비를 했다. 혼자 얼른 다녀오고 싶었지만 7살이었던 첫째는 나를 따라나서겠다고 다급하게 움직였다. 엄마가 잠깐 갔다 오는 거라고 충분히 설명했음에도 불구하고 첫째는 따라나서겠다고 떼를 썼다.

"잠깐 집에 있어. 엄마 금방 오잖아!"

첫째가 말을 듣지 않자, 조금 더 단호한 표정과 말로 따라오지 말라고 말했다. 첫째를 데리고 나가다가 둘째가 잠에서 깬다면 함께 데려가야 했다. 날도 추운데 두 아이의 옷을 입히고 신발을 신기고 조수석에 앉히는 상상을 하니 벌써부터 피곤함이 몰려왔다. 그럼에도 첫째는 혹시나 놓칠세라 내 뒤꽁무니를 허겁지겁 쫓아 나왔다. 따라오는 아이의 슬리퍼 헛발질과 긴장한 숨결이 짠했다.

결국 하는 수 없이 얼른 따라오라는 뜻으로 손목만 뒤로 내민 채 엘리베이터를 급히 타고 주차장으로 향했다. 잠에서 깨지 않은 둘째가 집에 혼자 있기도 했지만, 영화의 추격 장면 같은 속도의 발걸음은 원래 내게 익숙했다. 그런데 막상 도착하니 차 주는 없었다. 아이를 차에 태우고 다른 곳에 주차를 하고 나서야 정신이 들었다.

나를 재촉하고 다그칠 사람은 어디에도 없었다. 심지어 차주도 잠깐은 기다려줬을 텐데, 내 눈에 딸의 긴장은 보이지 않았다. 나조차도 돌보지 못한 채 누구를 위해 이렇게까지 다급해야 했던 걸까?

딸에게 잡으라고 내민 내 손목은 어린 시절 내가 잡았던 엄마의 손목이었다. 복잡한 시장통의 사람들 틈으로 나온 흰 팔뚝에 찬 금색 손목시계가 내게는 결코 잡히지 않는 물고기 같았다. 내 뒷모습도 딸에게 그렇게 보였겠지? 세상이 등 떠미는 박자에 맞추기 위한 엄마의 다급함이 보였다. 그것은 다음 세대인 나의 다급함이 되었고, 나는 아이에게 또다시 그 다급함을 물려주려 하고 있었다.

그러한 재촉은 내 마음에 '느린 사람'이라는 주홍 글씨를 새겼고, 오래도록 나를 괴롭혔다. 행동파 엄마와 성격이 불같이 급한 아빠는 한참 나만의 속도를 찾으며 자라나던 나를 항상 나를 재촉하며 부모님의 속도에 맞추길 요구했다. 특히 아빠는 운전을 할 때면 항상 과속하고 끼어드는 바람에 나는 도착할 때까지 눈을 감고 기도하며 하늘에 내 운명을 맡길 수밖에 없었다.

'이건 나의 숙명이야. 하늘나라에 가도 어쩔 수 없어. 내게 이 차를 타지 않을 권리는 없는 거야.'

나는 빠른 눈치와 복종, 최대의 효율로 부모님의 삶에 동참해야만 했다. 그렇지 않으면 피멍으로 얼룩졌던 아빠의 어린 시절과 아빠에게 자주 들어왔던 군대에서의 고통이 내게도 재현됐다. 하나님은 감내할 수 있는 고통까지만 주신다는 말씀을 믿는 것 외에 내가 할 수 있는 일은 없었다.

나는 태어나서부터 나만의 속도대로 자라날 기회를 얻지 못했다. 어른들의 기준에 맞추지 못했다는 주홍 글씨는 내가 어른이 되어서도 꼬리표처럼 따라다니며 나를 괴롭혔다. 마치 이제 막 스케이트를 시작한 학생에게 트리플 악셀을 하라고 떠미는 것과 같았다. 무리한 연습은 몸을 다치게 하고 영영 스케이트를 타지 못하게 만들 수도 있다. 여유로운 마음으로 자신을 탐색할 수 없었던 사람은 자신도 모르는 사이에 더욱 '느린 방어기제'를 사용하거나, 심하면 아예 스케이트를 신을 수조차 없는 슬럼프, 내 힘으로 할 수 있는 일이 없다고 느껴지는 무기력에 빠지게 될 뿐이다.

그런 나도 어른이 되었고, 나는 내가 느리고 게으른 사람이 아니라는 걸 알게 됐다. 나는 어떤 일이 숙달되기 전까지 시행착오를 겪으며, 다양한 정보를 융합하기 위해 오랜 사고와 숙성되는 기간이 필요한 사람이었다. 그걸 기반으로 주어진 일에 깊이 몰입하며 대체로 마감 기한에 맞춰 일을 잘 해내는 사람이었다. 혼자서 감당하기 힘든 수많은 일들을 빠르게 처리한 열정페이 시대도 잘 견뎌왔다.

운이 안 좋게 만난 착취적인 직속 상사의 가스라이팅을 묵묵히 견딘다면 나의 주홍 글씨가 지워질 거라고 생각한 적도 있었다. 그 상사가 자신의 상사들과도 문제를 일으켜서 해고당하기 전까지 나는 오기로 버텼다. 그렇게 그 시간들을 이겨냈지만, 극심한 스트레스로 인해 건강이 악화됐다. 소중한 나 자신을 그런 상황에 방치했다는 사실을 돌이켜보며 내 삶에 가장 중요한 가치에 대해 생각해보는 좋은 경험을 했다.

아이를 키우면서도 나의 '느린 자아상'을 발견했다. 내가 아이에게 무의식적으로 재촉할 때마다 아이는 유독 더 느리게 행동했다. 얼른 따라오라고 재촉할수록 일부러 한 발 한 발 천천히 걸었다. 처음에는 아이가 나를 일부러 골탕 먹이려는 행동인 줄 알았다. 그런데 생후 24개월에 그런 행동을 했다고 하면 이야기가 달라진다. 이 모습은 자기 삶을 주도적으로 살아가고자 '자발성'을 잃지 않기 위한 자기방어 기제였다. 자신이 세상의 중심이 되어 자기 발로 세상을 디디겠다는 강한 의지였다.

또 하루는 아이와 함께 횡단보도를 건너고 있었다. 혹시 모를 위험에 대비해 주의를 주며 아이를 재촉했다. 그런데 아이가 횡단보도를 건너가던 도중 무릎을 꿇고 털썩 주저앉아버렸다. 신호등의 초록불은 깜빡거리기 시작했고 나는 애가 탔다. 아이의 한쪽 팔을 들어 겨우 끌어내는 식으로 인도에 다다랐다. 나는 화가 머리끝까지 나서 사람들이 보든 말든 아이를 크게 나무랐다. 아이는 눈물을 뚝뚝 흘리며 주눅 든 표정으로 집으로 향했다. 무엇이 이 작은 아이를 위험천만한 비행(?)을 저지르도록 만들었을까?

　　　"빨간불이 되기 전에 얼른 건너자."
　　　"왼쪽에서 차가 오는지 확인하고 건너자."
　　　"신호등이 초록불로 바뀌면 엄마한테 말해줄래?"
　　　"오토바이는 인도로도 막 지나가니까 조심하자."

엄마라면 누구나 할 수 있는 말이다. 그러나 엄마의 표정, 말투, 제스처, 빈도, 대화의 느낌에 따라 분위기는 다를 수 있다. 자신을 안전하게 지켜줄 엄마가 옆에 있는데도 엄마를 믿지 말라며 공포를 심어줬던 나를 발견했다. 생후 24개월이라면 아직 세상을 있는 그대로 파악하기에도 바쁜 때다. 자연을 마음껏 누리고 느끼며 크길 바란다면서 나의 불안으로 인해 아이에게 세상을 만끽할 기회를 주지 못했다. 엄마에게 말로 제대로 설명도 하지 못하는 어린 아이가 행동으로라도 내게 깨달음을 준 것에 오히려 기특함과 고마움을 느꼈다. 그 외에도 아이는 여러 가지 상황을 통해 내게 가르침을 주었다. 잘못된 행동의 원인은 아이가 아니라 부모로부터 시작된다는 것을 점차 깨달았다.

이제 구차한 변명이나 핑계는 하지 않겠다. 기다려주지 않고 나를 재촉할 사람은 현재 어디에도 없다. 차를 빼줘야 하는 상황에서는 최대한 서둘러주는 것이 상도다. 그러나 남이 우리를 어떻게 볼지 걱정하면서 과도하게 체면을 차리느라 나와 내 아이의 마음을 숨 가쁘게 만들지 않을 것이다. 타인의 질타에 대한 두려움을 이기는 사람이 내 가족의 마음을 지킬 수 있는 용기 있는 사람이다.

그게 맞지. 그게 수신제가치국평천하修身齊家治國平天下다.

지랄 총량의 법칙

3월의 공동육아 어린이집 마당에도 흙에서 막 나온 새싹의 기운이 느껴졌다. 교사, 아이, 엄마 모두 새로운 곳에 대한 설렘으로 가득했다. 아이가 잘 적응하리라는 기대를 품은 엄마들은 마당에서 염려의 말을 나누기도 했다.

"선생님, 우리 애가 울고불고하고 있어요."

"저희 애는 선생님들께 너무 인사를 안 하는 것 같아서 걱정이에요."

엄마들의 말에 툇마루에 가부좌를 틀고 앉아 지켜보시던 선생님은 이렇게 말씀하셨다.

"아이고, 내버려둬 그냥. 아이들은 원래 울고불고해. 그리고 선생님한테 억지로 인사시키지 않아도 돼요. 7살이 되거나 때가 되면 다 인사해요. 어릴 때 충분히 지랄을 해놔야 돼. 지랄 총량의 법칙!"

원숙한 선생님의 말씀에 따라 엄마들도 점차 아이들을 바라보는 시선에서 염려를 거두고 안정을 찾았다.

코로나19가 한창이던 때라 어린이집 부모 전체 모임은 온라인으로 이루어졌다. 교사와 부모들이 함께 육아 고민을 나누고 경험과 지혜를 나누는 자리였다. 4살 아이의 엄마는 아이가 아는 지인에게도 인사를 잘 하지 않는 것이 고민이라고 했다. 그 엄마는 아이의 때를 기다려주려 노력하고 있었지만 주변 어르신의 질타에 속상함을 토로했다. 그랬더니 7살 아이의 엄마가 손을 들어 경험을 공유했다.

어린이집 앞에는 낮은 담벼락 하나를 사이에 둔 아담하고 예쁜 카페가 있는데, 아이는 그곳에서 자주 마주치는 단골 할아버지가 말을 걸어와도 언제나 묵묵부답이었다고 했다. 그 후, 1~2년이 지나고 나서야 할아버지께 먼저 다가가 어깨에 손을 얹고 다정한 인사를 건넸다고 했다. 먼저 인사하는 아이의 모습에 놀랐지만 하루아침에 이루어진 것은 아니라고 했다. 아이는 종종 마주친 할아버지를 스스로 파악하고 안전하다는 판단하에 인사를 건넨 것이었다. 그건 아이가 유·아동 시절에 세상을 파악하는 속도였다. 파악이 끝난 후 아이는 기쁜 마음으로 외부 세계를 향해 손길을 뻗은 것이다. 한번 내재화된 소통 방식은 다른 관계에도 천천히 적용된다. 온라인 모임 끝에 선생님은 간단명료한 경륜의 지혜를 나누어주셨다. 일방적이지 않은 서로 간의 소통과 편안한 흐름 속 가르침은 존경과 귀감이 됐다. 지랄 총량의 법칙은 삶의 균형을 맞추어가는 일이다.

- 인간미 넘치는 친구가 학창시절에는 쌀쌀맞은 왕재수였다는 믿기지 않은 고백
- 낯가리는 자신의 성향이 싫어서 '더 이상 이렇게 살지 말아야지.' 다짐하고, 커서는 친근한 사람으로 바뀌었다는 남편의 말
- 피자를 못 먹게 했던 엄마의 무조건적인 통제로 대학생이 된 뒤로 매일 피자만 먹었다는 친구의 말
- 어릴 땐 매우 순한 사람이었는데 커서는 차도녀가 됐다는 친구의 말
- 내면에 가득했던 타인들의 욕망을 벗어 던지고 '나'로서 살아가려는 삶

마음뿐 아니라 신체 안팎의 균형도 마찬가지다. 이를테면 태열이 채 빠져나가지 않은 어린아이는 절로 날뛰고 있는데 체온이 낮은 노인들은 이해할 수 없다. 당장 자신이 추우니 아이도 추울 것이라 단정짓고 옷을 두껍게 입도록 강요한다. 다리를 떠는 습관도 긴장 완화와 혈액순환을 위한 자가 치유 중인 것이다. 단, 그 습관으로 타인에게 불편감을 주지 않도록 배려해야 한다.

또한 몸에 걸치는 장신구나 물건을 소유하는 외형적 방식으로 균형을 이루기도 한다. 예를 들어, 남편은 언제나 백팩을 메고 다닌다. 가끔 생각지도 못한 생활필수품이 나와서 놀랍기도 하다. 누구나 자기 보호를 위한 불안 요소를 갖고 있지만, 남편

은 그 불안을 해소하는 방식으로 내면은 부성애, 외면은 백팩으로 채웠다. 무턱대고 가방을 메지 말라고 할 수 없는 것이다. 모든 현상에는 이유가 있다.

> 지랄 총량의 법칙: 지랄은 마구 법석을 떨며 분별없이 하는 행동을 속되게 이르는 말로, 지랄 총량의 법칙은 사람이 살면서 평생 해야 할 '지랄'의 총량이 정해져 있다는 의미다.
>
> ─『불편해도 괜찮아』중에서

'지랄 총량의 법칙'을 검색해봤다. 그렇다. 나는 어릴 때 지랄을 못했다. 계속 지랄하며 울다가 더 맞을까 봐. 게다가 나머지 가족구성원들이 총량을 충분히 채워주고 있었으니까.

"너까지 엄마 힘들게 하면 안 되지."

"딸에게 이런 말도 못 하니? 그럼 나는 누구한테 말하니?"

"엄마한테만 전화하지 말고 아빠한테도 자주 전화해. 자식 교육을 똑바로 안 했다고 엄마한테 그러잖아. 엄마를 봐서 아빠한테 전화드려."

압박이 목까지 차오르자 나는 아빠에게 전화해서 앞으로는 대소사 관련해서 엄마에게만 말할 거니 그렇게 아시라고 선포했다. 대체로 자녀와 부모의 소통방식은 쌍방이고, 물은 위에서 아래로 내려온다. 아빠는 "너는 고모한테는 상냥하면서 나한테는 왜 그러냐?"라는 물음에 "고모는 저를 인격적으로 대해주시거든요."라고 대답했다. 그럼에도 아빠에게 보낼 안부 문자를 위해 핸드폰을 열었다. 문자를 쓰던 중 예전에 아빠에게 받은 문자들이 보였다. 쭉쭉 올려보니 모든 메시지가 욕과 협박이라 쓰고 있던 문자를 도로 지웠다.

현자들은 나의 몸과 마음 건강을 위해 타인을 용서하라고 한다. 비록 잊히진 않을지라도. 뇌과학 연구에도 깊은 용서를 한 사람은 염색체의 말단부인 텔로미어의 길이가 길어져 노화를 늦춘다는 결과가 있다. 결국 나를 위해 용서해야 하는 것이다. 나는 지금도 내 마음속에서 미움을 내보내는 명상을 하기도 한다. 하지만 용서가 꼭 아빠와 만나고 연락하며 지내는 것을 의미하지는 않는다. 이제 나는 어떤 감정이나 행위든 억지로 의도하지 않고, 어린 시절처럼 부모님이나 누군가의 눈치도 보지 않고 그저 현재 내 마음이 흘러가고 싶은 대로 둘 것이다.

남편 복 없는 여자가
자식 복도 없다는 푸념

예능 프로그램 〈SNL코리아〉에서 어머니 역할을 맡은 안영미가 이렇게 말했다.

"서방 복 없는 여자는 자식 복도 없다더니. 아주 그냥!"

자기 삶이 하찮다고 말하는 어머니들의 단골 대사다. 아들 역할을 한 유세윤은 결혼 승낙을 받기 위해 여자 친구와 함께 부모님 댁을 방문했다. 아버지는 예비 며느리를 보며 만족스러워했지만 어머니는 그렇지 않았다. 아들이 이에 반발하자 어머니는 아들 커플의 대답을 족족 비꼬며 분위기를 망쳤다. 그러면서 하는 말이 "없는 집에 시집와서 고생은 고생대로 했는데 자식마저 마음에 안 드는 여자 친구를 데려왔다."는 것이다.

유교의 나라인 중국보다 더하다는 한국의 유교문화 속 여성들은 딸, 며느리, 아내 등 역할만 계속해서 바뀌어왔을 뿐 자신으로서 온전히 살아갈 수 없었던 것이 사실이다. 아버지 역시 할 말이 많겠지만 지금은 딸들 이야기에 집중해보겠다. 많은 드라마에서도 좋은 엄마와 나쁜 엄마, 양쪽 모두 가족 관계로부터 비롯된 한과 억울함이 공통적으로 서려 있음을 발견할 수 있다. 대부분 드라마에 나타나는 자식과 엄마의 갈등 속 감정선을 크게 2가지로 나누어보았다.

- 내면 성찰을 통해 과거의 한을 극복하고 자신만의 삶을 사는 엄마
- 한의 탓을 외부로 돌리고 자식에게 대물림하며 갈등을 그리는 엄마

전자는 자아 성찰 혹은 감정 유발자와 정면 대결을 통해 집안에 숨겨진 시한폭탄을 찾는다. 우여곡절 끝에 폭파를 막을 감정 대물림을 끊어낸다. 엄마의 얼굴에는 전에 없던 자유가 서리며 드라마가 끝난다.

후자의 경우 주변 사람이나 자식을 감정 쓰레기통 삼는다. 나만 희생할 수 없다고 함께 끌어안고 자폭하며 드라마가 끝난다. 두 경우 모두 안타까운 모습인 건 마찬가지다. 종합적인 결론을 내보니 위에서 언급한 안영미가 자녀에게 외친 대사가 이렇게 들린다.

"내가 선택한 삶에 대한 책임은 지고 싶지 않아. 나는 어렸고 순진했기 때문이지. 남부럽지 않은 여자를 데려와서 체면도 세워주고 나의 하찮은 삶을 대신 보상해줘."

인간은 본래 자기중심적으로 설계되어 있다. 그 대상이 배 아파 낳은 자식이라고 예외가 아니다. 같은 상황이라도 모두가 같은 통찰로 이어지지 않으며, 엄마라고 다 같은 엄마가 아니라는 뜻이다.

"인간의 욕망은 타자의 욕망이고 타자의 언어다."

위와 같은 말을 한 정신분석학자 자크 라캉은 인간의 욕망에 대해 이렇게 설명했다. 생후 6~18개월 사이의 어린아이는 눈에 보이는 엄마가 자신과 하나라고 인식한다. 거울 단계를 거쳐 자신이 타자와 분리되었음을 깨닫게 되지만 이를 인정하지 못한다. 아이는 엄마의 모습이 곧 자신이라고 착각하게 된다. 나의 욕망은 곧 '엄마 혹은 타자의 욕망'이지만 그것이 '나의 욕망'이라고 착각한다는 말과 같다.

그래서 타자의 욕망이 커질수록 타자에게 인정받기 위해 살아가고 나의 욕망이 소외되면서 내 존재가치가 하락한다. 목표를 이뤘고 인정을 받았음에도 불구하고 충족된 도파민은 더 많은 도파민을 원한다. 끝없는 욕망에 지배받다가 한계에 부딪히면 그제야 '이유를 알 수 없는 공허함과 억울함'이 또다시 나를 괴롭힌다.

나의 욕망은 음악과 미술 분야였다. 그러나 엄마는 나의 관심 분야보다는 당시 각광받았던 은행권이나 학교 선생님을 하고 있는 엄마의 언니, 오빠들의 욕망을 나에게 권했다. 그것이 맏딸이 갖기에 옳은 역할이라고 생각했다. 엄마의 욕망이었던 음악은 인생 전반에 걸쳐 정서적 풍요를 가져다주었지만, 음악과 무관한 직장 생활을 했던 엄마는 그것이 경제적이지 않다고 여겼다. 내 인생은 나만의 것이 아닌 부모님 자신들과의 합으로 고려됐다. 그에 반해 남동생의 욕망은 지지받았다. 부모님은 운동하는 남동생의 경기를 찾아가 응원했고, 경기 후에는 소고기를 대량으로 싸 들고 가기도 했다. 수만 가지 이유가 달린 '말'보다 '행동'이 부모님의 입장을 잘 대변했다.

그럼에도 염원과 뜻이 있는 곳에 길이 있다고 실기시험 없이 수능 성적만으로 디자인을 전공할 수 있는 길을 선택했고, 나는 물 만난 물고기처럼 대학 생활을 수험 생활하듯 전공 공부에 임했다. 대학에 입학하고 나서야 엄마는 내게 처음으로 미술학원 비용을 지원해줬다.

졸업 후에는 회사에 다니면서 내가 부지런히 모은 돈과 내 의지로 그림 작업실도 차렸다. 그런데 아빠는 나를 마주칠 때마다 작업실 존폐를 두고 당장의 쓸모를 증명하라는 압박을 했다. 나는 독립된 인격체로 여겨지지 못했고, 부모님은 자신들과 합일을 이루어 내가 회사에 소속되는 일로 안정감을 취하고 싶어 했다. 엄마는 나의 디자인이나 그림을 보고 내게는 객관적으로 평가했지만, 남들에게는 자랑을 늘어놓았다. 이러한 혼란스럽고 양가적 태도는 내게 상처만을 남겼다.

자녀를 대함에 있어 내 맘 같지 않다고 느껴질 때, 그것이 누구의 욕망인지 깊이 생각해보아야 한다. 그리고 그것이 정확히 무엇을 원하는 건지, 나 자신에게 묻고 답할 수 있어야 한다. 단지, 내가 살아내지 못한 완벽한 삶을 자녀가 살아내어 더 나은 나를 증명하기 위한 심리가 있는 건 아닌지 생각해보아야 한다.

K-장녀 엄마의
프레임에 갇힌 딸

나   그러한 둘째의 행동 때문에 첫째가 힘들 것 같아서요.

선생님   첫째가 왜 힘들 거라고 생각하죠?

나   둘째가 4살이라 말도 잘 안 통하는 데다 첫째도 아직 7살
밖에 안 됐는데 자기 물건 빼앗기면 억울하니까요.

선생님   잔디아이 님이 어렸을 때, 동생에게 물건을 빼앗겨서 억
울했던 비슷한 상황이 있었나요?

  오늘은 나에 대한 상담보다는 아이들의 갈등에 대해 질문하
기로 마음먹고 상담을 시작했다. 내게는 4살과 7살 된 두 딸이
있는데, 첫째는 둘째가 아무리 징징거려도 침착하게 설명하고
잘 토닥이며 논다. 가끔 아랫입술을 깨물고 개입하려다가도 금
세 둘이 하하 호호 분위기를 바꿔서 내가 머쓱한 적도 많다. 그
런 첫째라도 어쩔 수 없는 때가 있는데, 둘째가 놀잇감들을 망
치고 빼앗을 때다. 그러면 첫째는 동생을 크게 만류하지 못하고
울먹이며 내게 달려와서 이른다. 나는 이렇게 말했다.

"하지 말라고 단호하게 이야기해봐. '언제까지 갖고 놀다가 이따 줄게.'라고 해보든지."

그런 말이 진즉에 통했으면 이렇게 달려오지도 않았겠지. 장녀였던 나와 첫째 딸의 마음이 동일시되어 귀여운 동생을 어떻게 다룰지 머리를 싸맸다. 그사이 첫째가 할 수 있는 일은 으앙 하고 더 크게 우는 일뿐이었다. 그전에도 동생에게 이 방법이 통했거든.

평소 나는 아이들 싸움에 웬만하면 개입하지 않으려고 하는 편이다. 그렇지만 첫째의 큰 울음에 내 마음이 힘들어져서 결국 직접 나서고 말았다.

"언니가 먼저 갖고 놀던 거니까 돌려주자. 언니가 조금 이따가 준대."

"자. 여기, 가져가라."

그제야 둘째는 빼앗은 장난감을 던지듯 툭 건넸다. 언니로서 동생에게 좀 단호해도 괜찮을 텐데 왜 자꾸 엄마에게 쪼르르 와서 해결해달라고 하는 걸까?

나도 4살 터울의 남동생이 있는 첫째다. 첫째만의 설움을 잘 알기에 언니가 무조건 양보하고 져주라고 가르친 적이 없다. 심지어 동생도 거꾸로 언니 위할 줄 알아야 한다며 세상 이치도 모르는 둘째에게 내 마음을 투영해 과장한 적도 있다. 육아 서적의 조언에 따라 빼앗는 쪽보다 빼앗기는 쪽에 더 관심을 더주고 둘째에게는 간단명료하게 타일러보기도 했다. 일을 벌인

쪽이 엄마의 관심을 더 받으면 곤란하니까.

"에구, 네가 갖고 놀던 건데 동생한테 빼앗겨서 속상하겠다."

"너는 언니 거를 망치고 빼앗으면 안 돼."

나　　　자주 있는 일은 아니지만 반복되는 일상이라 한 번은 여쭤보고 싶었어요.

선생님　어린 시절 동생과의 갈등에서 어려웠던 일들이 있나요?

나　　　떠오른 일들이 너무 사소하고 유치해서 말씀드리기도 민망한 수준이에요.

선생님　별거 아닌 일이란 건 없어요. 사소한 일이라도 누군가가 들어주고 진심으로 수용받는 경험이 중요해요. 내 마음이 불편하면 불편한 거예요.

나　　　흠…. 남동생은 덩치도 좋고 먹성이 좋은데 저는 오래 씹어서 천천히 소화하는 편이에요. 그런데도 엄마는 우리 남매에게 딸기를 주실 때 결코 두 접시에 나눠주신 적이 없었죠. 더 많은 양의 딸기는 언제나 남동생 차지였어요. 엄마께 말씀드렸지만 반영된 적은 없었고요. 이런 일들이 제가 식탐이 있는 이유 같기도 해요. 성인이 되어서 엄마께 옛날에 그랬었다고 말씀드렸을 때 "막내니까 네가 양보하라고 한 적은 있지만 그렇다고 차별한 적은 없다."라며 기억이 잘 안 난다고 하셨죠.

또 한번은 우리 남매에게 똑같이 아이스크림을 사주셨는데 동생은 벌써 다 먹고 제 거를 달라고 떼를 쓰는 거예요. 엄마는 그날도 징징대는 동생의 감정을 조절하려는 노력을 포기하셨고 그 책임은 제게 넘어왔어요. "아휴, 그냥 동생 줘라."라고 하셔서 저도 동생의 징징거림을 보다 못해 먹던 아이스크림을 줘버렸습니다. 저도 꽤 어렸을 때라 굉장한 억울함이 마음속에 남아 있어요. 그러면서 동생을 더 잘 챙기라고 하는 엄마와 동생 모두 미워졌어요.

7살 때 유치원에서 캉캉 춤으로 재롱잔치 마지막 무대를 장식한 날이 있어요. 진짜라 믿었던 산타할아버지에게 크리스마스 선물을 받아서 방방 뛰며 좋아하고 있었죠. 그런데 그때 관객석에 있던 동생이 무대로 뛰어나와 제 선물을 달라고 떼를 쓰는 거예요. 엄마는 저만 볼 수 있는 눈짓을 보내셨고 저는 어쩔 수 없이 무대에서 동생한테 선물을 건네줬던 기억이 나요. 엄마는 다수의 관객에게 민폐를 끼치는 것보다 7살인 제가 희생하는 편이 낫다고 판단하신 거죠. 그 선물은 집에 가는 내내 동생 손에 들려 있었어요. 제 빈손은 갈 길을 잃었고, 엄마가 "집에 가면 어차피 같이 갖고 놀 거니까 괜찮지?"라고 반복해서 물으면 저는 제 마음을 외면하고 평소 어른들의 칭찬처럼 '속 깊은 아이'답게 굴어야 했어요. 함께 갖고 놀 수 있는 큰 선물 1개가 아니라 작은 선물로 제 거와 동생 거 2개를 따로 준비하셨더라면 어땠을까요?

서로의 조건이 동일하지 않은 상황에서 공평함을 말하는 것은 차별이다. 지속적인 불공평이 눈에 희미하게 보였어도 엄마가 자세히 볼 에너지가 없었을 것이라고 스스로를 달래보기도 했다. 정신분석에 따르면 엄마는 딸을 자신의 확장자라 인식하고 성이 다른 아들은 타자라고 인식한다. 그래서 딸은 엄마의 이해를 요구받기 쉬운 구조적 성격을 띤다고 했다. 동생은 막내에다가 아들이었으니 공식은 완벽했다. 나와 동생의 엄마는 명백하게 서로 다른 사람 같았다.

선생님은 내 이야기가 끝나자 벌떡 일어나서서 소매를 걷고 반대편 의자에 큰 쿠션을 두셨다. 그러고는 그 쿠션이 동생이라고 생각하고 억울했던 마음을 말해보라고 하셨다. 나도 똑같은 어린아이였을 텐데 억울하고 속상했겠다며 그 마음을 끄집어내 따져보라고 하셨다.

침묵의 시간이 이어졌고 나는 선생님께 할 수 없다고 말씀드렸다. 도저히 입이 떨어지지 않았다. 그런 말을 해봤자 아무 소용 없을 것 같았다. 선생님은 나를 대신하여 입이 댓 발 나온 심술 맞은 어린이 표정으로 생생하게 연기하셨다.

선생님 "흥! 나도 아이스크림 정말 먹고 싶었는데 왜 네가 다 먹는 거야!(징징거리며) 내 거를 막 다 뺏어가고, 어? 정말 짜증 나고 억울해 죽겠어! 너 그래도 되는 거야?"

나　　 동생은 저보다 4살이나 어려서 그렇게 말해도 이해하지 못했을 거예요.

선생님　갓난아기도 아닌데 왜 이해하지 못할 거라고 생각하죠? 집안에서 동생은 사고뭉치에 보호와 도움받는 존재로만 인식됐었나 보네요.

나   엄마는 제게 어른이 없을 때 제가 엄마 역할을 해야 된다고 항상 강하게 말씀하셨어요.

선생님   누나를 집안에서 굉장히 중요한 위치로 여기기도 하셨군요.

선생님은 가끔 함께 가족들의 흉을 보며 무조건적인 내 편이 있다는 느낌을 느껴보도록 해주셨다. 상황극은 내면 깊숙한 곳에 응어리로 남아 있던 마음을 언어로 배출시켜줬다. 선생님은 나무 인형 2개를 꺼내 탁자 위에 올려놓고는 그게 나와 동생이라고 말씀하셨다. 그러고선 내 인형 옆에 있던 '가시 공'을 저기 멀리 보냈다. 선생님은 내게 동생 인형 옆에 있었던 하트 모양의 나무 조각을 내 인형 쪽으로 가져오라고 하셨다.

선생님   누나를 따라다니고 좋아했던 마음(하트 조각)은 자, 이렇게 받고! 남매가 똑같은 아이였음에도 먼저 어른이 되어야만 해서 억울했던 마음(가시 공)을 저 멀리에 옮겨보세요.

그게 말처럼 쉽게 됐다면 내가 상담실에 있지도 않았을 것이다. 그래도 막연하게 억울하기만 했던 내 마음을 나무 인형으로 시각화하니 조금은 정리되는 느낌을 받았다. 선생님은 다음 단계가 될 방향을 제시해주셨다.

나　　　이번 상담은 정말 눈물이 나올 것 같았는데 참았어요. 멈출 수 없을 것 같아서요.

선생님　　감정을 억제하는 게 습관이 돼서 그래요. 이해해요. 상황에 따라 원래 제일 나이가 많은 형제가 대장이 되기도 해요. 그건 자연스러운 거예요. 장녀이기 때문에 전체 상황을 보며 리더십과 주도성을 가질 수 있었던 건 좋은 거예요.

　하지만 본인의 어린 시절의 기억을 가져와서 아이들에게까지 둘째는 첫째를 힘들게 하고 첫째는 항상 피해를 본다는 프레임을 씌우지 말아야 해요. 첫째가 엄마에게 와서 둘째가 한 일을 이르면 그 마음을 공감해주고 "그래도 동생을 잘 데리고 노네." 하고 기특하게 여기며 칭찬해주세요. 특별히 때리거나 나쁜 행동을 하지 않는 이상 아이들끼리 놀다가 알아서 화해할 수 있는 기회를 많이 주세요.

　상담을 마친 후, 어린 시절 내가 겪었던 피해와 가해의 구도를 내 아이들에게 씌우고, 또다시 그런 구도로 세상을 바라보고 있지 않은지 생각해보았다. 현대사회에는 닭이 먼저인지 달걀이 먼저인지 모를 싸움들이 난무하고 있다. 그러나 나는 아이들이 그런 세상 속에서도 도움과 사랑을 잘 받고, 받은 자원을 타인에게 나눌 수 있는 사람으로 성장했으면 한다. 이것은 아이들로 인해 성장하고 있는 부모인 나에게 하는 말이기도 하다.

새끼 사자 형제들은 서로 물고 물리며 이빨의 힘을 느끼고 신체 조절을 해나간다. 놀다가 싸우며 갈등을 겪고 극복하는 힘겨운 과정 가운데 사회성을 기르는 열쇠가 있다.

2장

무의식의 뿌리로
거슬러 올라가다

노는 것도 '열심히' 놀아야 하나요?

"논다며! 열심히 놀아. 가만히 있지 말고. 안 놀 거면 집에 가!"

놀이터에서 한 엄마가 미끄럼틀 위에서 서성이고 있던 자신의 아이에게 소리쳤다. 그 아이는 어떻게 놀아야 잘 놀았다고 소문이 날까? 일을 열심히 한다는 말은 맞지만, 노는 것도 '열심히' 하라는 말은 아무리 곱씹어도 영 어색하다. 이 말은 오직 한국인만 쓰는 문장임에 틀림없다.

지켜보는 엄마를 의식하며 서 있던 아이는 결국 울음을 터트렸다. 제대로 놀 기분은 아니지만 집에 가고 싶지도 않다는 결의를 온몸으로 표현했다. 시력이 나쁜지 돋보기 같은 두꺼운 안경을 쓰고 있던 아이는 한 손으로 안경을 잡고 반대편 손으로 흐르는 눈물을 닦았다. 그 모습이 안타까워 나도 같이 목이 멨다. 이전에 둘 사이에 어떤 일이 있었는지 모르지만 내 눈에 비친 저 엄마의 모습은 성난 불곰 그 자체였다.

노는 방법은 사람에 따라 다를 수 있다. 어떤 사람은 휴가지에서 책을 읽는 것, 어떤 사람은 클럽에서 춤추며 노는 것, 어떤 집순이나 집돌이는 집에서 조용히 있는 게 노는 것일 수 있다. 저비용 고효율로 압축성장을 이뤄내며 과도한 노동에 시달렸던 우리 부모 세대는 한마음 공동체가 되어 일했고, 얼마 되지 않던 휴가를 가서도 생산성을 추구했다. 행군인지 여행인지 모를 빽빽한 패키지 여행 일정 속에서도 쇼핑센터에 모여 가이드의 설명을 고분고분 잘 들었다. 돌아와서는 "여행 어땠어?"라는 질문에 "가성비 좋았어."라는 대답을 하면, 듣는 이도 역시 만족스러운 대답이 됐다. 이쯤에서 아무것도 하지 않고 서성이던 놀이터의 아이를 다시 떠올리니 가성비를 넘어 시성비(시간 대비 성능의 비율) 없는 어른으로 자라 초효율시대에 도태될 거라는 엄마의 불안과 걱정이 느껴졌다.

아기는 건강하게만 자라달라는 어른들의 바람과 함께 태어났지만, 생후 100일쯤 되면 뒤집기를 선보여 분윳값과 기저귓값을 해야 했다. 각종 육아용품 회사와 병원의 컬래버레이션으로 출시된 앱은 아기의 발달 단계를 발 빠르고 정확하게 체크하도록 기획됐다. 효율성이 높고 접근이 편리한 시스템은 아기를 보호하기 위해 일평생에 가장 예민하면서도 판단력이 흐린 기간에 놓인 아기 엄마들의 심신을 들었다 놨다 했다.

많은 엄마들의 공감을 받았던 드라마 〈산후조리원〉에서도 내가 경험했던 조리원과 비슷한 일이 벌어졌다. 엄마들은 출산

후 모유의 양을 비교하며 걱정했고, 100일이 지나도 몸을 뒤집을 생각이 전혀 없어 보이는 아기의 표정을 보며 전전긍긍했다. 며칠 만에 뒤집기를 하고 기었는지, 옹알이는 언제 했는지, 그 순서에 따라 엄마들은 자랑스러워했고 부러워헸고 단식했다.

이러한 분위기 속에서 눈치를 챙기지 못한 아기는 개월 수에 맞게 기거나 걷지 못하면 인생을 시작하면서부터 '쓸모'를 의심받게 된다. 아기의 귀에도 예사롭지 않게 들리는 부모의 채근은 세상살이가 녹록지 않다는 느낌을 준다. 아기가 못 알아듣는 것 같아도 생후 6개월이 지나면 엄마의 씁쓸한 표정들을 종합하여 자신의 효용가치를 감지한다.

한때 첫째아이가 나의 통제에 대항하기 위해서인지 퇴행 행동을 보인 적이 있다. 갑자기 어리광을 부리고 엉뚱한 행동을 하니 아이를 천덕꾸러기로 대했는데, 곧 내 생각이 잘못됐음을 자각했다. 매번 자각을 위한 노력을 하지 않으면, 가장 어린 날의 사랑스러운 아이의 모습을 흘려보낼 수도 있다. 내 아이를 옆집 아이만 못하게 대우하고, 평생 잔소리를 들어야 하는, 나보다 낮은 인격체로 간주하며 살 수도 있다. 걱정과 불안의 목소리를 듣는 뇌는 그 말의 속뜻을 이해하지 못한다. 오히려 그 걱정대로 되길 바란다는 기원으로 인식한다. '아이가 다치지 않게 해주세요.'라는 부정 언어보다 '아이가 건강하게 자라도록 해주세요.'라는 긍정 언어로 기도해야 훨씬 좋은 영향을 끼친다. 자본주의 시스템의 단점 안에서 생산성으로 변질된 '사랑'

은 산후조리원에서만큼이나 정신줄을 놓치기 쉽다.

놀이터에서 아무것도 하지 않고 어슬렁거리는 아이에게 언성을 높이는 모습은 우리가 자라온 가정과 학창 시절, 사회 분위기와 별반 다르지 않고 심지어 낯설지도 않다. 우리는 듣도 보도 못한 세계는 실체가 아니라 믿는다. 이런 분위기에서 얻은 사랑은 있는 그대로의 사랑이 아니라 쓸모가 증명되었을 때 얻는 조건부 사랑이다. 더 심각한 오해는 부모 자신은 그런 언어를 쓰지 않는다고 생각하지만 실제로는 그렇지 않다는 것이다. 극단적으로는 부모 자신도 '쓸모' 없는 노인이 되었을 때 얻게 될 반응을 생각해보아야 한다. 자녀의 모습은 부모의 거울이기 때문이다. 지혜와 통찰이 쌓인 어른의 언어는 '어른이 되면 입을 닫고 지갑을 열어야 한다.'는 말을 무색하게 만든다.

나도 모르게 새겨진 잘못된 훈육방식이 자꾸 내 입에서 흘러 나오는 것을 자각했다면 그것을 알게 된 것이라도 다행이라 여기자. 세대가 거듭될수록 잘못된 방식의 대물림이 반감되기를 소망한다.

마지막으로 알아야 하는 사실이 하나 있다. 그럼에도 불구하고 자녀는 부모가 생각하는 것 이상으로 부모를 용서하고 싶어 한다는 사실이다.

전투력 만렙 K-장녀의
나 홀로 유럽 여행기

전투력 만렙. 원리 원칙적. 위기 대처 능력. 엄마의 엄마…

관계 심리 전문가 김지윤 소장은 한국 장녀의 특징들을 이렇게 풀어냈다. 나의 이야기인가 싶어 무릎을 치며 공감했다.

물론 예외는 있겠지만, 대개 가족구성원 중에서 주로 연장자가 돌봄의 역할을 하곤 한다. 그러나 한국의 엄마들은 딸에게 남동생은 물론이고 오빠나 아빠의 밥까지 챙겨야 한다는 책임감을 어릴 적부터 심어준다. 남자 형제가 있는 경우, 딸이 하나 있을 때와 두셋 있을 때 느끼는 외로움과 차별적 양상은 조금씩 다르기도 하다. 또한 장녀는 돌발 상황에서 조직적이고 체계적으로 일을 분배하느라 눈물은 메말라 있으며, 그 순간에는 그저 상황을 정리하는 통치자가 있을 뿐이라고 김지윤 소장은 말했다.

위에 나열된 K-장녀의 특징들은 나의 삶을 오랫동안 힘들게 하기도 했지만, 생존을 위한 비상 상황에서 쓸모가 있던 때도 있었다. 20대 후반 한 달간 나 홀로 유럽 여행을 하던 중 길을 잃어 2시간 동안 밤거리를 헤맸던 그런 때 말이다.

어둡고 짙은 밤길 위에 드문드문 비추는 유럽 스타일의 노란 조명을 징검다리 삼아 걷던 중 낯선 사람과 눈이 마주쳤다. 나는 긴장한 채 눈빛으로 거의 레이저를 쏘며 빠른 걸음으로 캐리어를 드르륵 끌고 지나갔다. 그때 당시 우리나라에선 초고속 인터넷을 자랑하고 있었지만 해외의 경우 인터넷이 원활하지 않았다. 구글 지도도 안 되는 때가 많아 여행자들에게 종이 지도는 필수였다. 무섭고 아찔한 순간도 많았지만 그때마다 K-장녀 정신을 발휘해 평생을 추억할 꿈같은 여행을 했다.

하루는 스위스 인터라켄에 처음 발을 디딘 날이었다. 평화로운 파스텔 톤의 아름다운 도시였지만 낯선 문화권의 바람이 내 볼을 스쳤다. 옅은 긴장과 함께했던 기분 좋은 여행의 하루 끝에서 지친 몸과 무겁게 느껴지는 짐을 이끌고 숙소로 향하는 밤기차에 올랐다. 원래는 마지막 역에서 하차해야 하는데 표를 검사하는 승무원 할아버지가 다가와 내게 영어인지 불어인지 알 수 없는 사투리를 내뱉었다. 딱 봐도 여행자로 보이는 내게 손을 뒷돈을 요구했다. 말의 뉘앙스가 여행자들에게 하루 이틀 이러는 게 아닌 듯했다. 체력도 바닥이었으니 동전을 좀 건네주고 상황을 끝낼 법도 했지만, 할아버지의 덫에 순순히 걸려주고 싶지 않았다. 야비한 할아버지에게 굴복되고 싶지 않은 마음도 있었다. 못 알아듣는 척을 하며 실랑이하는 사이 하차 방송이 흘러나왔다. 그런데 애석하게도 역을 착각하고 전 정거장에서 급히 내려버린 것이다. 게다가 이를 어쩌나. 기차에서 짐과 함께 뛰어내리면서 바닥에 나뒹굴어 오른쪽 발목을 접질려버렸다. 발목을 쩔뚝거리면서 앞으로 많이 남은 여행을 걱정했다.

설상가상으로 더 큰 일이 벌어졌다. 숙소로 가는 버스 번호와 숙소 주소, 스위스 다음으로 갈 나라의 정보들이 모두 적혀 있는 보물 노트를 기차에 놓고 내려버린 것이다. 망했다. 핸드폰에 간단한 것들을 저장하기도 했지만 대부분의 여행 정보는 손과 눈으로 훑어보기 좋게 노트에 정리해놓았었다. 나는 눈을 감고 관자놀이 양쪽을 누르며 노트에 쓰여 있던 버스 번호를 떠올리려 애썼다. 도무지 떠오르지 않자 원래 하차했어야 할 역부터 가야겠다고 생각했다. 거기서 버스를 타야 하니까. 좀처럼 얼굴을 드러내주지 않는 기억 속 뿌연 버스 번호를 기억해내려 애쓰며 우여곡절 끝에 원래 하차해야 할 역에 도착했다. 장녀로 태어나 선투력을 갖추면서 원리 원칙까지 따지게 된 것의 대가는 매우 컸다. 그래도 다행히 위기 대처 능력까지 함께 탑재하고 있던 나는 결국 거지꼴을 하고는 밤 11시 30분에 숙소에 도착했다.

또 하루는 런던을 여행한 날 밤이었다. 여행을 마치고 숙소로 돌아가기 위해 버스정류장에서 버스를 기다리는데 저 멀리서 술에 취한 영국 남자 셋이 내 쪽으로 다가오는 것 아니겠는가? 혼자 있는 동양인 관광객 여자가 눈에 띄었나 보다.

첫 번째 남자는 나를 깜짝 놀라게 할 요량으로 "어흥!" 하고 소리치고는 지나갔다. 내가 너무 놀라 정신을 못 차리고 있는 사이에 두 번째 남자도 뒤이어 내게 똑같이 소리를 치고 지나갔다. 상황을 파악하고 나니 머리끝까지 화가 났다. 마지막 남자도 역시 나를 놀랠 생각으로 달려오고 있었다. 나는 그 남자가 내 앞으로 오기도 전에 더 큰 소리로 "어흥! 꺼져버려!"라고 소리쳤다. 내 쪽으로 오던 그 남자는 순간 깜짝 놀라 다른 쪽으로 지나가버렸다. 정류장 근처와 차도 반대편에 있던 시민들까지 수군거리며 내 쪽을 쳐다봤다. 일을 저지르고 나니 그제야 심장이 떨려오기 시작했다. '저 술에 취한 놈들이 도로 칼을 들고 와서 위협하면 어쩌지?' 별생각을 다 하면서 어떻게 반격할 것인지 머릿속으로 시뮬레이션을 빠르게 그렸다. 탁, 탁, 탁. 손으로 칼을 막고 낭심을 세게 차버린 다음 주변에 경찰에 신고해달라고 요청해야겠다. 상상으로 반격을 끝내고 나니 조금 안심이 됐고, '완벽한 상황 정리가 왜 이렇게 자연스럽지?' 싶었다.

이 정도면 한두 번 써본 시나리오가 아니었다. 어린 시절을 떠올려보면 남동생과 함께 동네를 돌아다니다가 의심스러워 보이는 아저씨들을 종종 마주한 적이 있었다. 한번은 그 이상한 아저씨가 저쪽에서 놀고 있는 남동생에게 이렇게 말했다.

"꼬마야, 아저씨가 집에 가서 사탕 줄게. 아저씨랑 같이 갈래?"

동생은 헤헤 웃으며 따라가려고 하고 있었다. 나는 그 자리에서 동생 쪽으로 진격했다. "안 돼요!" 하면서 눈에 쌍심지를 켜고 양팔을 벌려 남동생 앞에 섰다. 그럼 그렇지. 유럽 여행에서 낯선 사람을 향해 눈으로 쏘던 레이저가 어릴 때부터 켜왔던 쌍심지구나. "집에 가자!" 동생에게 날카롭게 소리치고 손을 잡아끌어 집으로 돌아왔다.

그 아저씨는 동네에 종종 출현했다 사라지고를 반복하며 내 심기를 건드렸다. 엄마는 내게 동생을 턱 맡기며 "엄마가 없으면 네가 엄마야."라고 말하곤 했다. 엄청나게 까불면서 어디로 튈지 모르는 동생과 있을 때는 비장한 돌봄 모드가 되어 동생을 조심시키다가 윽박지르다가 회유도 했던 기억이 난다. 사실 어린 나도 그 아저씨의 타깃이었을 수 있었는데 말이다.

장녀이기에 기본적으로 탑재하고 있던 긴장과 전투력과 위기 대처 능력은 훗날 낯선 일들에도 도전할 용기를 주었다. 인터넷에 돌아다니는 '남동생이 있는 K-장녀'는 돌아이니 건드리지 말라는 글귀를 보고 웃었지만, 돌이켜보니 맞는 말도 같다.

명절에 혼자 스타벅스 가는
정신 나간 며느리

명절이 한창인 와중에 고등학교 친구에게 전화를 걸었다.

"뭐 해?"

"뭐 하긴. 명절에 전화를 다 하고 무슨 일이야?"

"나 지금 어딘지 알아?"

"엄마네? 아니면 시부모님댁이겠지요."

"집 근처 스타벅스 와서 작업하고 있어. 애랑 남편만 시댁 보내고 나는 아무 데도 안 가버렸어."

"뭐? 무슨 일이야?"

말도 안 될 건 없지만, 내게 있었던 일들에 관해 이야기해주었다.

"흠, 그게 말이야. 이번 명절은 원래 친정 식구들과 단체 여행을 가기로 했었어. 우리 가족도 여행에 같이 가고 시가는 명절이 지나고 나서 방문하면 어떨지 여쭈었지. 우리 부모님, 남동생네 가족, 작은 아빠네 가족, 고모네 가족, 친척 동생들 등 함께 가는 처음이자 마지막인 여행이었거든. 작은 아빠와 고모는 어린 시절부터 나와 친구처럼 지낸 분들이었어. 시어머니께도 말씀드렸더니 그러라고 하셨지.

멋진 아이디어라고 생각했어. 친척 어른들의 자녀들도 곧 시집가고 장가갈 텐데 그러면 기회가 더욱 없을 테니까. 남편도 가이드까지 섭외해서 가족들과 제주도 단체 여행을 다녀온 적이 있었는데 좋은 추억으로 간직하고 있더라고.

그런데 말이야. 명절 전날, 시어머니께 전화가 왔지. 이번에는 지방에서 증조할머니께서 올라오실 것 같은데 친정 단체 여행을 안 가면 좋겠다고 말씀하시는 거야. 제사를 넘겨받은 지 오래되지도 않았는데 며느리가 없으면 체면이 안 선다고 생각하셨나 봐. 그럼에도 나는 당연히 여행을 간다고 생각했고, 어떻게 거절해야 하나 고민하는 중 엄마한테 말을 해버렸지. 그랬더니 엄마가 "그럼 너는 여행 가지 말고 시댁 가거라." 하시는 거야. 아니라고 했더니, 함께 갔으면 좋겠다거나 아쉽다는 뉘앙스는 전혀 없었고, 그냥 네 맘대로 하라더라고. 시대가 어느 시댄데 이런 소릴 들을 거라곤 꿈도 못 꿨어. 전통 드라마 대사를 듣듯이 말이야. 명절마다 매번 시가에 먼저 가는 것도 나는 백번 양보하고 있다고 생각했어. 함께 살았던 친할머니와 나를 예뻐하셨던 친할아버지의 차례는 고사하고 남편도 뵌 적 없는 시댁의 조상님들 차례에 참석했지. 지방에서 올라오신다던 증조할머님은 다리가 불편하셔서 원래부터 올라오기 싫어하셨고, 이번에도 안 오실 거라는 걸 나는 알고 있었어.

여기서 내가 제일 화가 났던 건 다른 사람도 아니고 우리 엄마가 내게 여행에 오지 말라고 했다는 사실이야. 한평생 명절마다 만났던 친인척들을 결혼 후에 갑자기 보기 힘든 상황이 되어버렸어. 결혼 초반에 남편과 번갈아서 친정과 시가에 가자고 약속했지만, 어찌어찌하다 보니 그냥 시가에 먼저 가는 분위기가 되어버린 거지.

여행에 관한 엄마의 말은 마치 내가 더 이상 우리 가족이 아니라고 말하는 것 같았어. 장녀로서 어린 시절부터 어른의 역할을 감당하기를 요구받아왔고, 집안 대소사에 큰돈도 여러 번 내났는데 이용만 당한 느낌이랄까? 마음에 신뢰만 있었다면 나는 괜찮았을 거야. 어릴 적부터 속이 깊고 어른들을 헤아릴 줄 안다고 칭찬해주셨지만, 그게 사실 자신들의 편의를 위한 것임을 알았어도 그래도 나는 이해했을 거야. 부모니까. 그런데 내가 느낀 감정이 맞았어. 부모님은 자신들이 아프면 남동생에게는 연락 안 하고 아기를 돌보느라 혼자 쩔쩔매고 있는 나에게만 연락하셨어. 아기띠로 아기를 안고 바닥난 체력으로 엄마 병원에 동행한 후에도 엄만 나에게는 인정보다는 끊임없는 잔소리를 했어. 이때도 의사는 곁다리로 따라간 내 체력을 더 걱정하더라.

첫 아이를 낳기 전 엄마와 둘만의 여행을 몇 번 제안했어. 그때마다 엄마는 친구들과 여행이 있다고 다음번으로 미뤘지. 이것저것 따져보니 비용과 시기상 엄마는 친구들과 스페인 포르

투갈 여행을 가는 게 효율적이라고 판단하신 거지. 결혼 전 가족들과 함께 살았던 긴 기간에도 나는 엄마와 단둘이 여행을 가본 적이 없어. 그런데 내가 아이를 출산하고 움직이기 힘든 상황이 되자 그제야 남동생 부부와 우리 부부, 손주들과 다 같이 단체 여행을 가자고 하시는 거야. 다른 집은 자식, 손주들과 함께 여행 간다며 부럽다고 하면서 말이야. 여태까지 뭐 하고? 나는 애당초 딸이기보다 장식에 불과했던 거야.

　시부모님은 몇 년 전까지는 아예 모르던 남이었으니 그렇다 치고, 우리 부모님이 그러니까 나는 더 이상 마음 둘 곳이 없어진 느낌이었지. 고모의 카톡 프로필엔 내가 없는 단체 여행 사진이 올라왔어. 그 사진을 보니 마음에서 친정을 버리는 편이 차라리 속 편하겠다는 생각이 들었어. 친정도 시가도 다 싫고 나는 그냥 나를 위해서 명절을 보내기로 했어. 후에 무슨 일이 생기든 이제 상관없어. 정신 나간 딸과 며느리 소리를 들어도 이제부터 나는 나로서 살아갈 거야.”

　친구는 내게 혼자 있어도 괜찮겠냐고 물었다. 괜찮다고 말하고 전화를 끊은 뒤, 사람 많은 카페에서 갑자기 눈물이 펑펑 쏟아져 나왔다. 미혼 시절의 명절도 떠올렸다. 아빠는 술을 마시며 계속해서 심부름을 시켰고, 나와 남동생이 엄마를 거들었는데 부모님은 남동생보다 나를 더 불러댔다. 남동생은 직장 일이 힘들다는 이유였다. 나도 매일 야근하고 주말만 되면 긴장이 풀려 몸살을 앓고 있었다. 그런데 엄마는 딸을 자신과 같은 선상에 놓고 언제든지 사용 가능한 백업 자원으로 생각했고, 언제나 아들 손가락을 더 아파했다. 부모님의 나에 대한 어른 역할 강요와 언제나 아픈 손가락인 동생은 꽤 친근했던 남매 관계를 계속해서 상하관계로 만들고 말았다.

기혼자의 명절은 어르신들의 허락 없이 개인의 자유를 갖기 힘들고 찝찝한 게 현실이다. 깨어 있는 부모라고 자부해도 막상 자녀가 여행을 간다고 하면 싫은 게 사람 마음이기에 이해가 안 되는 건 아니다. 그래서 나는 친구들에게 2세 문제만 아니라면 결혼은 50세에 하는 게 적당하다고 말한 적도 있다. 그런데 나만 이렇게 생각한 게 아니어서 놀라기도 했다. 선진국 대열로 들어서는 흐름 중 하나인 저출생은, 자녀 부부의 사회 문화적 욕구와 의식 변화의 증거로 우리나라에도 여지없이 적용되고 있다. 출산율을 높이기 위해 가정에 돈을 지원해주는 건 감사한 일이지만, 근본적인 한국 문화 속 여성을 바라보는 낡은 이념을 바꾸는 것이 먼저라고 생각한다.

중국의 심리학자 우즈훙은 자아 세계에 대해 이렇게 말했다. 자아 세계가 무너진 부모가 아이에게 타인의 요구와 의지를 지나치게 강요한다면 아이는 생존을 위해서 타인을 지나치게 배려하고 순종하며 타인의 감정 중심으로 움직이게 된다고 했다. 자아를 잃은 사람은 현재를 살아내기 어렵고 심할 경우 이중 속

박에 빠질 수 있다. 어디에도 속하지 못하고 늘 불안하며 그 어떠한 위치도 선택할 수 없다고 했다.

누군가는 내게 명절에 스타벅스에 가는 정신 나간 며느리 혹은 딸이라고 할지도 모르겠다. 그러나 그날의 나는 며느리 혹은 딸 그 어떤 역할에도 속하지 않은 '나 자신'이 될 수 있었다.

"인간은 자기 자신으로서 태어나 자기 자신을 누리고 자기 자신으로서 생을 마감할 권리가 있다."

– 관계 심리 전문가 김지윤 소장

김칫국 혈투,
김장 카르텔

아기를 등에 업고 뒷산을 산책하던 중 뒤따라오던 60대 아주머니들의 대화가 들려왔다. 시집 장가 간 자녀들 이야기였는데 산을 오르는 내내 김치로 시작해서 김치로 끝났다.

"아니, 우리 딸은 내가 해주는 김치 아니면 못 먹어. 일도 바빠서 애가 기절할 지경인데, 시댁 가서 김장해야 하니 힘들다는 거야. 시어머니보다도 형님이 더 눈치를 준대."

이야기는 꽤 흥미로웠지만 나는 약수터가 있는 샛길로 빠져 둘째를 벤치에 앉혔다. 그런데 얼마 후 그 아주머니들도 내가 있는 쪽으로 내려와 다른 벤치에 앉았다. 김치 이야기가 이어졌다. 이번엔 아들을 둔 아주머니가 반박했다.

"와서 하긴 해야지. 근데 나는 그렇다? 아들을 더 시켜."

다른 사람들보다 세련된 시어머니로 보이고 싶은 마음과 동시에 반강제성을 가진 조직적 카르텔은 무너트릴 수 없다는 입장이다.

- 가정을 이루어 독립한 다 큰 딸이 자기 김치가 아니면 못 먹는다고 주장하는 친정어머니의 음식을 내세운 소유 욕망
- 권력의 꼭대기에서 형님과 동서의 관계를 모르는 척하며 수직 구도를 즐기는 시어머니
- 불편한 김장을 원하지 않는 아들 부부의 노동을 당연하게 여기는 사회적 분위기

위 구도들은 가족의 행복한 식탁을 위한 노고의 장이 아니다. 은밀한 관계주의적 폭력이 난무하는 김장 혈투다. 드라마에서도 그냥 싸대기보다 김치 싸대기 파급효과가 훨씬 크다. 바닥에 흩뿌려진 김칫국물은 혈흔이 낭자한 모습만큼이나 흉측하고 대단했다. 한 해를 겨우 이겨낸들 다음 해에 여지없이 돌아오니 누구 하나 싱크대에 코 박고 죽어야 끝나는 조직이다.

가부장적인 아버지들은 헛기침만으로 권위를 누려온 대신 엄마들은 주방에 들어가 밥상으로 권위를 형성했다. 주방에 계시는 친정 엄마나 시어머니를 신경 쓰는 부류는 오직 딸들이었다. 식탁에서의 위치나 딸과 아들의 밥을 구분하는 것을 통해서도 너의 위치는 여기니까 눈치껏 행동하길 바란다는 메시지를 주었다. 이 같은 관계 구도는 남성의 수렵보다 여성의 채집활동으로 식탁의 70~80%를 꾸려온 머나먼 조상 여성의 식탁으로부터 전해 내려왔다. 정신분석학자 박우란 박사의 표현에 따르면, 이러한 구조 속 여성들은 위로는 괴로웠으면서도 동시에 아

래로는 충분히 즐기고 싶은 구도가 형성될 수 있다고 했다.

심리학자 멕 애럴은 책『스몰 트라우마』에서 조상 여성들의 사회적 유대 보존에 대해 설명했다. 공동체에서 제외된다는 것은 직계가족의 생존에 매우 불리하기에 사람들은 직접적인 대립을 피했다. 배우자나 가족 간의 끊임없는 숨은 의도를 짐작하고, 주변인의 기대에 부응하는 모습을 보였고, 극단적으로는 진정한 자아를 억압했다. 이는 생존 수단으로 여성의 뇌와 신경계에 장착되어 있는 '보살핌과 어울림' 패턴이며, 주먹다짐을 한 다음 날 아무 일 없었다는 듯이 행동할 수 있는 남성과는 다른 양상을 띤다고 했다.

단순한 식탁이 아닌 이런 심리 구도 속 김장에 불참하고 지나가면 애매하게 남아 있는 죄책감은 오직 딸과 며느리들의 몫이고, 김치가 숙성되는 시간만큼이나 지속된다. 남편과 남자 형제의 평온한 얼굴이 얄궂기만 하다.

현대사회에서는 조상들이 살았던 시대와 달리 자본주의 시스템 속 장점들을 살려 낡은 신념과 자존심을 버리도록 노력한 기업일수록 경제적 이익을 달성했다. 딱딱한 권력 대신, 수직으로는 기업의 핵심 가치를 지키고 수평으로는 창의성을 발현할 자율적 커뮤니케이션을 추구했다. 권력의 구도 상위에 있는 직장 선배들은 후배 직원들에게 직급 대신 영어 이름으로 불리는 고통을 수반하는 등의 변화를 일으켜 수직과 수평 그 어디쯤에서 생존전략을 취했다.

음식 문화도 마찬가지다. 수직으로는 권력 대신 김치 고유의 전통 가치를, 수평으로는 친밀한 관계성을 만들어나가야 한다. 김치에 들어가는 여러 재료들이 서로 잘 어우러지고 숙성의 과정을 거쳐 완성되는 것처럼 김장을 하는 사람들의 마음도 그러해야 한다. 정다움이 깃든 김장 분위기는 자발적이고 즐거운 참여로 이어진다. 그렇게 만들어진 김치가 소화도 잘되고 우리의 피와 살이 된다.

세상의 모든 어머니들과 딸들에게 전하고 싶은 말

"어린 시절 음식 앞에서 받았던 대우는 당신이 그럴 만해서가 아니었습니다. 음식에 서린 서러움은 이제 그만 날려보내시고 억울함, 노여움을 푸세요. 당신 안에 꽁꽁 감춰져 있던 아름다운 여인을 꺼내어 정다운 사람들과 평안하게 살아가시길 바라겠습니다."

사자는 원래 게으르고
목표물 앞에 완벽주의자다

'게으른 완벽주의자.' 이 말은 그 자체로 옳다.

국립생태원의 동물 평균 수면시간 연구에 따르면, 육식동물은 수면시간이 길고 초식동물은 짧다고 한다. 이를테면 밀림의 왕 사자는 하루 평균 13.5시간을 자고, 기린은 1.9시간을 잔다고 한다. 사자는 평소에는 눈앞에 먹잇감이 지나가도 졸리면 일어날 생각을 하지 않는다. 하지만 배고플 때가 되면 누구보다도 주도면밀하다. 한 번의 식사로 많은 영양을 비축해야 하기 때문에 최대한 많은 고깃덩어리를 보유한 동물을 발견할 때까지 찾아 헤맨다. 사자는 상시로 사냥을 하지 않기 때문에, 겉으로는 게을러 보일 수 있다. 그러나 이는 진정으로 원하는 목표물이 나타나지 않았기 때문이다. 어지간한 동물을 사냥했다가는 에너지 비효율이 발생하는데 그건 사자의 생존 방식이 아니다. 그러다 표적이 결정되면 그제야 모든 정신 집중과 신체 에너지를 끌어모아 사냥을 시작한다. 상당한 직관력과 강도 높은 긴장감, 효율성이 필요한 작업이다.

반면 기린은 다리와 목이 길다. 큰 키로 멀리 내다볼 수 있고 포식자가 어느 정도 반경 안에 있는지 다른 동물보다 미리 알아차릴 수 있다. 기린은 매사에 심사숙고하며 쪽잠을 자면서도 미래를 내다보는 통찰의 깊이만큼 불안도 따라온다. 초식동물은 항상 자신을 경비하고 성실하게 풀을 뜯어 에너지를 비축해놓는다. 모든 생명체는 자신의 신체 조건과 자연환경에 걸맞은 생존 방식으로 살아간다.

그런데 만약 기린이 사자의 방식을 부러워하여 잠을 푹 잔다면 어떤 일이 벌어질까? 얼마 지나지 않아 포식자의 먹잇감이 될 것이다. 동물들은 서로의 삶의 방식을 간섭하지 않는다. 오직 인간만이 서로를 간섭할 뿐이다.

인간이라는 유기체는 복합적인 체계를 갖추고 있다. 그러나 결국 동물이기도 한 인간을 직업군으로 분류해보았다. 육식동물에 가까운 기질을 갖고 태어난 사람은 도전과 모험정신이 강한 사업가나 스포츠인 등이 있으며, 초식동물에 가까운 기질을 가진 사람은 성실성과 꾸준함을 요하는 수행자, 나랏일을 주관하는 공무원 등이 있겠다. 2가지 기질을 적절하게 사용하는 사람들은 설명의 편의를 위해 생략한다.

부모의 양육 방식에서도 자녀의 타고난 기질을 이해하는지 여부에 따라 차이를 보인다. 부모가 성실성을 추구하는 기질인데 자녀는 효율과 직관을 추구하는 기질일 경우, 자녀는 일평생을 게으르다고 비난받으며 살 가능성이 크다. 자신이 진정 원하는 표적이 나타나기까지 고르고 고르는 무수한 세월이 걸릴 수도 있다. 자신의 꽃 피는 때를 기다려주는 부모의 메시지를 받고 자란 자녀는 진정 원하는 일을 발견했을 때 순수한 열정을 믿고 정진할 수 있다. 그러한 발견이 타의에 의한 것인지, 자의에 의한 것인지 알아내는 데 소모가 적다. 종목을 바꾸더라도 그동안 쌓은 경험과 지식을 복리형 자산으로 만드는 긍정성이 있다. 부모가 자녀에게 "네가 진정으로 확실하게 원하는 길이냐?"라고 물아붙이면서 부모 스스로도 뭘 좋아하는 사람인지 모르는 마음과 부정적인 자아상을 아이에게 투영하여 혼란스럽게 하지 않는다.

한편 긍정적인 자아상을 갖고 있는 부모가 자녀와 기질이 같은 경우 이보다 더 좋은 궁합은 없다. 이끄는 대로 잘 자라주는 자녀 덕에 자신의 교육관을 더욱 정당화하는 경향이 있기도 하다. 하지만 기질이 다른 형제는 비교당하며 자랄 가능성도 있으니 주의해야 한다. 서로 다른 기질을 공부하고 이해하는 과정을 거친다면 그 과정이 고통스러울 수 있어도 종국에는 사람을 이해하는 폭이 다양해질 수 있다.

타고난 기질을 알면 좋은 점이 또 있다. 자신의 강점을 더욱 강화시킬 수 있다. 사자는 게으른 점을 고치려 하기보다는 자신의 강점인 효율성과 직관성을 강화시킬 때 생존에 유리하다. 기린 또한 사자처럼 잠을 푹 자고 긴장을 풀려고 하기보다는, 자신의 성실성과 안전욕구를 강화할 때 생존에 유리하다.

그러니 완벽주의적 성향을 가졌다면 자신을 너무 자책하지 말고 잘하고 싶은 마음을 들여다보자. 타고난 완벽주의적 성향은 완벽주의가 만연한 사회 문화적 분위기 속에서 더욱 강화될 수도 있다. 자신의 기질을 있는 그대로 인정하고 긍정적으로 수용해준다면 혹시 아는가? 그다음 단계로 여유 있는 탁월함이 선물로 올지.

완벽주의자인 당신은 옳고, 완벽하지 않은 당신도 옳다.

비교는 원래 착했다

"친구에게 박수! 그리고 너희들 성적 좀 봐라."

학창 시절, 선생님이 우등생을 칭찬하며 자주 했던 말씀이다. 이 평범해 보이는 문장에 어딘가 이상한 점이 있다. 만약 눈치채지 못했다면 이는 필시 개인의 문제가 아닐 가능성이 크다. 박수 후 이어진 비교 대신 "너희들도 잘할 수 있어."라고 격려했으면 어땠을까? 선생님 또한 바람직한 언어를 배운 적이 없는 까닭이고 이 문장은 심지어 숙어처럼 자연스럽기만 하다. 그 우등생은 가만히 있다가 친구들의 선망과 시기를 동시에 받게 됐다.

시험이 끝나고 나면 교실에서는 수치스러운 일이 벌어지곤 했다. 수학이나 영어 시간에는 우열반을 나누어 수업했는데, 우반에 들지 못한 학생들은 자존감은 물론 자존심이 먼저 다쳤다. 시험을 망친 이유로 한우 등급을 매기듯 열성 도장이 찍힌 채 옆 반으로 줄줄이 향했다. 학생들은 시작도 전에 패배자의 마음으로 공부를 시작했다. 현재는 우열반이 사라졌을지 몰라도 형태를 바꿔 존재하고 있을 뿐이다. 사교육 열풍의 확장이 사회적 분위기를 고스란히 말해주고 있다. 그렇게 자라난 대한민국 국민의 주관적 행복지수를 보면 매우 놀랍다. UN에서 발표한 2024년 세계행복보고서에서 54개국 중 한국이 52위를 차지했다는 사실에 주목해야 한다.

얼마 전 초등학교 1학년 아들을 둔 한 지인으로부터 놀라운 이야기를 들었다. 아이가 미술 시간에 선생님에게 그림 지적을 받았다고 한다. 이유를 들어보니 아이가 검은색이나 파란색 한 가지 색깔로만 도화지를 칠했기 때문이었다. 선생님은 그런 아이를 보고는 미술에 전혀 재능이 없고 문제가 있으니 미술 학원에 다니라는 말을 했다고 한다. 덜컥 겁이 난 엄마는 아이에게 왜 그렇게 칠했느냐고 물었더니 아이는 이렇게 대답했다.

"선생님이 주시는 주제로만 그림 그리기 싫어서."

내가 봐왔던 그 아이는 자기주도적인 아이였고 5~6살 때 자유롭게 그린 그림에 내가 감탄했던 기억이 있다. 다른 과목도 아니고 표현의 자율성이 보장되어야 하는 예술 영역마저 아이와 소통 없이 그림과 겉면만 보고 사교육으로 떠넘기는 방식은 뭐가 잘못돼도 한참 잘못됐다는 느낌을 들었다. 많은 선생님들이 훌륭하지만, 부모는 학교 시스템보다 교사 개개인의 역량에 의지해야 했다.

미술 심리 상담학에서는 대중이 미술 심리테스트를 활용하는 방식에서 우려하는 부분이 있다. 상담을 받는 이의 어두운 면만을 발견하고 걱정하는 데 초점을 맞추어 개선시키려는 접근 방식이 많기 때문이다. 상담자는 그림을 통해 어렵고 힘든 마음이 있는지 인지할 뿐이고 그림에서 긍정성을 찾아 이끌어낸다. 여러 가지 미술 도구를 활용한 예술 행위를 통해 어린 시절로 돌아가는 듯한 퇴행을 경험하며, 안정을 느끼게 된다. 나쁜 감정이 작품으로 배출됐다면, 그림을 보고 걱정하거나 바꾸려고 할 게 아니라 마음 치유의 길이 열렸다고 봐야 한다. 오히려 힘든 마음이 표현되지 못하고 마음속에 꽁꽁 감춰지는 것을 우려해야 한다. 미술 심리는 언어로 좀처럼 표현하기 어려운 마음을 비언어적인 형태로 끄집어내는 데 큰 역할을 한다.

비교는 경쟁과 세트로 인식되어 왔다. 경쟁을 적대시하는 마음을 가진 채 경쟁해왔으니 이중적인 마음에 빚을 지고 살았다. 그런데 엄마로서 내 아이들과 주변 아이들을 본 결과 비교는 본래 순수한 자연적 본능이라는 생각이 들었다.

언니의 날고뛰는 역량을 따라잡으려는 4살 동생의 처절한 뜀박질과 질 수밖에 없어 흘리는 눈물을 보면 그 에너지가 대단하게 느껴졌다. 자연스러운 열등감은 발전의 길로 연결됐다. 비교하며 '비난'하는 것이 나쁜 거지, 비교는 원래 착했다. 낮아 보이는 허들도 반복해서 넘으면 어른도 힘든 법인데 아이는 자기 키만 한 의자나 침대, 안방으로 이어지는 베란다 담벼락을 꽁꽁 대고 넘으며 신체의 한계를 매일 갱신했다. 허들 넘기를 성공한 4살 어린이는 아름답게 착지한 체조선수처럼 양팔을 벌리고 뒤돌아 뿌듯한 미소를 엄마인 내게 보내면 그걸로 보상은 충분하다.

"네 웃는 목소리가 여기서 제일 시끄러워."

이 말은 키즈카페나 어린이가 많은 광장에서 흔히 들을 수 있는 말이다. 웃는 소리마저 비교 대상이 되는 것이다. 우리 부모님 또한 다수가 채택한 교육방식으로 나를 대하셨다. '너 외의 다른 사람의 평균은 이 정도야.'라는 잣대를 들이밀면 자녀가 똑바른 정신을 가지고 빠르게 발전시킬 수 있다고 믿으셨다.

이러한 훈육방식은 교우관계에도 영향을 미쳤다. 중학교 시절 한 친구의 집에 놀러 갔을 때의 일이다. 우리는 번갈아가며 함께 피아노를 치며 놀고 있었다. 외출했던 친구의 엄마가 집으로 돌아오시자, 친구는 갑자기 근심 걱정이 가득한 표정으로 황급히 피아노 뚜껑을 닫았다.

"똑같이 피아노를 배웠는데 네가 더 잘 치잖아. 너 가고 난 다음에 엄마한테 비교당하면서 혼나거든."

그 친구는 나보다 훨씬 똑똑하고 어여쁜 친구였는데도 그런 걱정을 했다. 친구 어머니는 맏딸인 친구가 모든 면에서 완벽하고 탁월하기를 바라셨다. 친구와의 행복하게 노는 시간마저 비교와 경쟁 구도로 바꿔놓은 친구의 엄마가 미워졌다. 놀이는 놀이 자체로서 즐거워야 한다. 잘 노는 사람이 일도 잘한다는 말이 있다. 잘 노는 사람은 감정조절을 잘할 수 있을뿐더러 자신만의 방법으로 스트레스를 풀 수 있는 정서지능이 발달한 사람이다. 우리는 김연아 선수와 같은 멘탈을 가진 사람을 정서지능이 좋은 사람이라고 말할 수 있다. 정서지능은 사회적 성공과 삶의 행복을 누리는 데 있어서 핵심이 되는 능력이다.

"이걸 해내다니, 너 진짜 대단하다. 나는 여태까지 뭐 했지?"

나의 자학성 비교 습관을 인지하게 된 건 남을 높여준다는 명목으로 아무렇지도 않게 스스로를 비하하는 자신을 발견한 때부터였다. 상대의 성과에 감탄하고 끝내면 될 일인데 나는 여태 뭐 한 거냐며 덧붙이는 것 또한 습관처럼 자연스러웠다.

얼마 전까지만 해도 예능이나 코미디 프로그램에서는 비교와 자학 구도로 웃음을 유발하는 콩트나 대사가 많았다. 그러나 용기 있는 누군가가 문제 제기를 했기 때문에 그것을 시작으로 사회 인식이 변화했고 그러한 습관이 퇴출됐다. 그게 잘못된 말습관인 줄도 몰랐다. 무지의 안타까운 점은 본인이 모른다는 사실조차 모른다는 데 있다.

한 가지 나의 무지를 고백하자면, 나는 자책만 했지 남에게는 관대하다고 생각했다. 그것이 완전히 잘못된 생각이라는 것은 결혼 후 남편을 대하는 내 행동에서 깨닫게 됐다. 뇌과학 연구에 따르면, 스캐너로 뇌를 촬영했을 때 '나를 인식하는 영역'과 '나와 가까운 가족을 인식하는 영역'이 동일하게 반응한다고 한다. 남편과 점점 일심동체가 되면서, 남편을 나 자신으로 인식하게 됐다. 나에게 하듯 남편에게도 비교의 언어를 사용했다. 나는 분명 남편이 좋은 사람이라고 생각하지만, 비교를 해서라도 안 좋은 습관을 뿌리 뽑아야 한다고 생각했다. 그러나 남편은 동일한 언어 방식으로 나를 비난하지 않았고 자신의 속상한 감정을 솔직하게 표현해주었다. 심리학을 기반한 뇌과학적 설명을 이해하고 나니, 남편이 내게 말하는 소리가 비로소 들리기 시작했다. 나도 변화하고 싶은 열망이 컸고 무엇보다 나의 언어를 자식이 그대로 흡수하고 있다는 사실을 깨달았다.

　비교와 비난은 장기전으로 가야 할 인생을 한 치 앞만 보도록 하는 길이다. 그것은 시기와 질투로 인해 서로를 탐구하고 어울리지 못하게 만든다. 과학 기술이 빠르게 발전함에 따라 키오스크나 로봇이 널리 상용화되고 언택트 문화가 도래했지만, 미래에 더욱 돋보이게 될 능력은 아이러니하게도 소수든 다수든 즐겁게 어우러지는 관계성이라고 전문가들은 말한다. 인간 사회의 발전의 원동력은 인간에 대한 호기심과 필요에 기여하고 싶은 마음으로부터 이루어진다.

마음챙김도
속성반

마음챙김을 시작해야겠다는 결심을 했다. 2년이 지나면 첫째가 초등학교에 입학한다. 입학 전까지 몸과 마음을 되살려 놓아야겠다고 다짐했다. 마음챙김마저 속성반이라도 등록한 것처럼 참 한국인다웠다. 일도 시작해서 기반을 다져야겠다고 생각했다. 컨설팅을 받고 디자인 포트폴리오도 정리했다. 아직 혼자 있지는 못하고 방학도 긴 초등학교 1학년 아이에게 손길이 필요할 때, 일을 중단했다가 재개하더라도 무리 없을 정도로 준비해 두고 싶었다.

연로한 노인처럼 기력이 없었지만 '학부형이 되는 2024년이면 치유될 사람'이라는 희망이 생겼다. 미래의 '회복 티켓'을 품에 안은 채 교육관이 맞는 남편과 함께 여러 초등학교 입학설명회에 다니기 시작했다. 어린이집을 시작으로 대안교육을 시키고 있던 터라 자연스럽게 대안 초등학교를 후보에 두었다.

그러던 어느 날, 디자인 작업을 하려고 책상 앞에 앉았지만 노트북을 열 수 없었다. 이후 두 달 가까이 이유를 알지 못한 채 괴로워하는 시간이 이어졌다. 이유를 곰곰이 생각해보니 일에 대한 확신보다 나에 대한 확신이 없어서라는 생각이 들었다. 내 눈동자는 탄식과 함께 지구 한 바퀴를 돌아 책장 위의 『오제은 교수의 자기 사랑 노트』라는 책으로 떨어졌다.

"그래. 자기 사랑. 나를 사랑한다면, 내 품 안에 들어오는 일을 의심하지 않고 정진할 수 있을 텐데. 일도 사랑도 모두 마찬가지였던 거야. 나를 사랑하지 못하니까, 나와 가장 가까운 자녀와 남편을 지켜보고 기다려주는 일도 힘겨웠던 거야."

어느 가정이나 투닥거릴 수 있지만 나의 태도는 분명하게 개선해야 할 지점이 있었다. 정신분석학자이자 사회심리학자인 에리히 프롬은 모든 엄마가 '젖'을 줄 수는 있어도 '꿀'까지 주는 엄마가 행복한 엄마라고 했는데, 나는 '젖'만 주는 엄마였구나 싶었다. '일단 알겠지만 말이야. 눈앞에 닥친 할 일들부터 마치고 와서 나를 사랑하는 것에 대해 생각해보자.'라며 외면했었다. 그런데 아뿔싸, 지름길을 찾아다니다가 결국 출발선으로 되돌아오고야 말았구나. 이것은 미래를 살며 붕 떠 있던 내가 현재의 땅으로 발을 내딛는 순간이었다.

책 속에는 연두색으로 채워진 '치유 나무' 그림이 있었다.

"200년 전에도 이 나무는 여기에 서 있었다. 200년 후에도 여기에 서 있을 이 나무를 기억하라!"

나무를 보니 그냥 눈물이 앞을 가렸다. 단단하게 뿌리내려 한 곳에서 나를 지켜봐주는 나무의 모습이구나. "내가 얼마나 살 것 같으냐? 딱 20년 남았으니 있을 때 나한테 잘해라." 하는 일방적이고 불안한 아빠의 말보다, 200년이나 남았으니 걱정하지 말라며 쉼이 되어주는 나무가 절실했다.

책에 있는 질문에 답을 채워보았다. 그러면서 불현듯 나의 마음을 치유하기 위해 전문가의 도움을 받아야겠다는 생각이 들었다. 사람에 대한 투자가 가장 좋은 투자라고 했다. 내 마음이 튼튼해야 나의 아이들도 부모를 자양분 삼아 튼튼하게 뿌리를 내리고 자랄 수 있다. 상담 비용과 시간 때문에 매우 주저했지만 더 이상 벼랑 끝에 선 나를 모르는 척할 수 없었다.

번화가에 평이 좋은 정신과 의원을 세 군데 방문했지만 마음에 맞는 의사를 찾지 못했다. 그런데 우연히 『오제은 교수의 자기 사랑 노트』라는 책을 알고 있는 또 다른 지인과 이야기를 나누다가 한 심리 상담사를 추천받았다. 우선 약은 복용하지 않고 상담만을 통해 우울하고 힘든 마음의 근본적인 원인을 찾아내고 싶었다. 비록 오래 걸리더라도 이 방법이 본질에 가까워지는 지름길이라고 확신했다(의사와 상의 후 약이 꼭 필요한 경우는 복용해야 한다). 나라에서 제공하는 무료 심리 상담도 신청했고 이 상담의 과정은 동시다발로 이루어졌다.

그동안 일기를 쓰며 충분히 성장통을 겪었다고 생각했다. 그런데 상담이란 제삼자에게 나의 사적인 일들을 털어놓는 일 아닌가? 상담사에게도 마음을 숨긴다고 하던데 내가 잘할 수 있을까? 내 마음을 들켰을 때 너무 창피하지 않을까 염려했다. 상담을 시작한 지 2주가 지났다. 그동안 겨우 다독였던 감정이 다시 무기력의 늪으로 빠져들고 있음을 느꼈다. 남아 있던 마지막 자존심까지 발가벗겨지는 기분이 들었다. '이러려고 상담을 받은 게 아닌데.' 싶어 후회도 했다. 잊고 싶지만 결코 잊히지 않았던 수많은 고통의 기억들이 나를 휘감았다.

"왜 그랬을까요? 아빠라는 사람이 저에게, 우리 가족에게 왜 그렇게 했을까요?"

오제은 교수는 책에서 상처받은 '내면아이'인 나를 드러내고 만나는 일은 나를 치유하고 성장시킬 수 있는 길이라고 설명했다. 심리 상담을 통해 발견하기 어려운 아빠의 희미한 사랑을 확인할 수 있었지만, 나를 잔인하게 학대했던 사람을 끌어안을 수 있다는 생각이 전혀 들지 않았다. '세상에는 그런 사람이 존재할 수 있고, 유감스럽게도 그게 내 아빠였다'고 인정하는 데까지만 이르렀다.

'과거의 일'이니까 이제는 털어버리라는 사람도 있다. 그런데 그럴 수 있는 이유는 명확하다. 나를 힘들게 만드는 원인 제공자로부터 물리적으로 떨어져 있고 그야말로 '과거의 일'이 되어버렸기 때문이다. 머리로 겨우 이해했다고 한들 지금 당장 공격을 받아 화가 나면 소용이 없어진다. 부모님과 거의 접촉하고 있지 않은 나 역시 많은 부분이 달라졌다.

또한 '자기 사랑'이 부족했기에 자책이 심했다는 사실을 깨닫게 됐다. 아이에게 사랑을 박박 긁어서 주고 싶어도 사랑의 자본이 부족하여 헤매고 있는 나의 모습마저 자책했다. 나를 사랑하는 것부터 시작해야 다음 단계로 거리낌 없이 나아갈 수 있겠다는 생각도 들었다. 책에는 나 자신을 사랑하지 못하고 미워했던 신체에 손을 얹고 다음과 같이 말해보라고 해서 나도 따라 말해보았다.

"눈아, 피곤하게 해서 미안해. 얼굴아, 예쁘지 않다고 구박해서 미안해. 어깨야, 무거운 짐을 지워 미안해."

오제은 교수의 말대로, 이제부터는 내가 하고 싶은 대로 내 마음의 장단에 맞춰서 춤을 추며 살아가겠다. 내가 진정으로 원하는 일이 무엇인지 나에게 100번이고 1,000번이고 물어보겠다. 내가 무엇을 원하는지 단호하고 강력하게 온 우주를 향해 선언한다. 내게 진정으로 중요한 것이 있다면 반드시 그 방향으로 온 우주가 나를 인도할 것이다. 두 눈을 지그시 감고 오른손을 가슴 위에 얹은 채 스스로에게 말해본다.

"잔디아이야, 지금 이 순간부터 네가 행복할 것을 허락한다."

당신의 이름을 적고 읽어서
스스로에게 직접 들려주세요.

_____, 지금 이 순간부터
네가 _____할 것을 허락한다.

시작이 두려웠던 이유

나 　　　만반의 준비를 했는데 갑자기 '시작'을 못하겠어요.

선생님 　그럴 만한 이유가 있을까요?

나 　　　이유는 딱히 모르겠어요. 일을 시작하기 위해 몇 개월 동안 포트폴리오를 준비하고 개인 사업자도 냈고요. 서비스 광고를 위한 카피 문구도 머리 빠지게 짜고 홍보 페이지도 모두 완료했어요. 온라인으로 오픈만 하면 되는데 별안간 노트북이 천근만근으로 느껴져 열리지 않는 거예요 다음 날 시도하고 그다음 날도 시도했는데 꿈쩍도 안 하더라고요. 둘째가 어린이집에 가기 전까지 일을 잠깐 쉬며 공백이 있었지만 감을 잃지 않기 위해 일을 간간이 하기도 했거든요.

선생님 　시작을 하면 어떤 일이 일어날 것 같은데요?

나 　　　시작을 하면요? 음… 글쎄요. 구체적으로 생각은 안 해봤는데요. (잠시 생각한 뒤에) 그냥 막연하게 '삼지창을 든 괴물'이 올 것만 같아요.

선생님 　그 괴물이 어떠한 모습으로 어떻게 행동할 것 같아요?

나   괴물은 아마도 내 서비스에 불만족한 고객일 거예요. 그래서 컴플레인을 거는 거죠.

선생님   컴플레인은 어떤 내용이죠?

나   고객에게 디자인을 의뢰받았는데 제가 작업한 결과물이 마음에 안 들 수 있잖아요. 그러면 컴플레인이 들어올 테고요. 안 좋은 후기를 남기지는 않을지 염려되고 당혹스러울 것 같아요. 직장인 시절에는 집단에 소속되었기에 힘들기도 했지만 대체로 재미있게 일을 했어요. 그런데 이번에 제가 주체가 되어 꾸리는 일이잖아요. 소소하게 시작하는 일인데도 오픈 직전 모든 것이 멈췄어요. 한 달 넘게 노트북을 열지 못하고 있는 자신이 이해가 안 돼요.

선생님   만약 반대로 잔디아이 님이 다른 디자인 업체에 일을 의뢰했다고 쳐봅시다. 결과물을 받았는데 마음에 안 든다면 어떻게 할 거 같아요? 막 괴물처럼 화를 낼 것 같나요?

나   아니요. 화를 낼 것까진 없고 그냥 제가 원하는 방향대로 수정사항을 전달하면 그만이에요. "이 부분은 이렇게 수정해주세요. 추가 비용이 필요하다면 추가 결제를 하겠습니다. 다른 콘셉트로 하나 더 부탁드려요." 하면서요.

선생님   잔디아이 님도 그렇게 수정해주면 되지 않을까요?

나   그렇네요. 생각보다 두려운 일이 아닐 수도 있겠어요.

선생님   괴물, 그까짓 거! 껌값이에요. 너무 잘하고 싶다는 부담을 내려놓으세요.

나   하하. 정말 껌값이네요. 두려워할 필요가 없네요. 저는 완벽주의적인 성향이 있어요. 어려서부터 아빠께서도 제대로 할 거 아니면 아예 시작도 하지를 말라고 항상 말씀하셨죠. 조금의 실수도 용납을 못 하셨어요.

평범한 일상을 하나 예로 들자면, 아빠가 제게 라면을 끓여 오라고 하셨어요. 시간 조절을 못해서 라면이 불었는데 드셔보더니 불었다고 멀쩡한 라면을 싱크대에 버리라고 했어요. 다시! 다시! 다시! 결국 4번째 봉지를 뜯고 나서야 통과가 됐죠. 그러고 나서 적절하게 꼬들꼬들하게 익은 라면을 입술을 모아 후후 불어 드시는 모습을 보고 저는 방에 들어가버렸어요. 부들부들 화가 치밀어 올랐지만 다른 방도가 없었거든요.

엄마도 공부를 하려거든 '나 죽었다.' 생각하고 하라고 하셨어요. 나는 어떤 걸 좋아하는 사람인지 어떠한 사람인지 들으려고 하지도 않으셨고, 무작정 공부 앞에서 제 청춘은 죽고 지금, 여기 없어야 했던 거죠. 엄마는 딸이 쏘는 활이 정확한 표적에 맞지 않는다면 모든 것이 풍비박산 날지도 모른다고 생각했어요. 부모님의 불안 컬래버레이션으로 제 일상은 언제나 심각했고 뭐든지 '죽음'과 매우 밀접했습니다.

선생님　참 안타까워요. 마음이 많이 힘들었겠군요…. 완벽하지 않은 건 훌륭한 거예요. '완벽하지 않고 부족한 것이 훌륭하고 멋진 거야.'라고 5번만 외쳐볼까요?

나　　　완벽하지 않고 부족한 것이 훌륭하고 멋진 거야. 완벽하지 않고 부족한 것이 훌륭하고 멋진 거야. 완벽하지 않고 부족한

것이 훌륭하고 멋진 거야. 완벽하지 않고 부족한 것이 훌륭하고 멋진 거야. 완벽하지 않고 부족한 것이 훌륭하고 멋진 거야.

선생님 아이들 앞에서도 완벽하게 모든 일을 잘 해내는 부모가 좋을까요, 부족한 부모가 좋을까요?

나 부족한 부모라고 알고 있어요.

선생님 맞아요. 부모 자신이 완벽하게 일을 잘해내야 될 것 같은 마음을 심어주면 아이는 자라질 못해요. 서투른 모습도 있어야 아이가 그 '틈'을 타서 '기쁜 마음'으로 도움이 될 기회를 얻거든요.

나 맞는 말씀이에요. 부족한 모습으로 아이를 훈육하려고 노력했던 일이 떠올라요. 둘째가 신발을 신을 줄 알거든요? 그런데 제가 옆에 있으니 스스로 신지 않고 짜증을 내며 울었어요. 그래서 저는 일부러 손을 서툴게 움직이면서 운동화를 자꾸 놓치는 척을 했죠. "아이코, 엄마가 신발을 자꾸 놓치네? 영차영차." 엄마도 나름 노력하고 있다는 제스처를 취하면서요. 어리숙한 손놀림을 보다 못한 아이는 신발을 어떻게 신을까 생각하고, 다음 날 생각이 좀 더 발전되면서 결국 스스로 신게 되더라고요. "어머나! 신발 신는 건 어려운 건데, 스스로 해냈구나!" 하고 칭찬해줬죠.

엄마에게 의지하고 싶어 할 땐 해주기도 하지만 사실 그냥 다 해줘버리는 게 편하긴 해요. 나갈 시간이 늦어지지도 않고요. 아이 앞에서는 딴청을 피우는 척하며 스스로 할 때까지 기다려주었지만 충동성이 올라올 때면 내 손이 빠릿빠릿하게 나가게 되고, 바쁜데 자기가 하겠다고 할 때는 속에서 응어리가 치밀어 오를 때도 있고요. 이러다가 빵 터져서 버럭하지 않으면 다행이에요. 이 감정은 여유 있는 품으로 기다림을 받지 못한 내 어린 시절에 대한 억울한 감정인 듯해요. 이제는 참는 게 아닌 진짜 여유 있는 사람, 기다려 주는 엄마가 되고 싶어요.

선생님　네, 신발을 신는 아이 앞에서 잘 기다려주셨네요.

나　　상담을 마치고도 일을 시작할 수 있을지는 모르겠어요. 그래도 잊고 있었지만 생생했던 기억을 끄집어내 말씀드리고 나니 마음이 좀 편안해졌어요.

　　선생님은 나의 이야기를 전적으로 들어주시면서 좋은 방향이다, 잘하고 있다는 추임새를 덧붙이시며 스스로 긍정적 자아상을 가질 수 있도록 이끌어주셨다. 온전히 내 말에 귀 기울여주시는 모습은 나를 수용하고 돕고 싶다는 적극적인 지지와 관심이다. 선생님의 대화법은 가르치려 하기보다 대화의 주도권을 내게 주셨다. 슬쩍슬쩍 보탬이 되는 말씀만으로도 이상하리만큼 이야기를 끌어내어 스스로 깨달을 수 있는 힘을 주셨다.

　　오랫동안 선생님을 너무 의존하게 되어 나와 동일시 혹은 우상화하다가 내 맘 같지 않은 면을 발견할 때 크게 실망해버리지는 않을지 염려되는 부분도 말씀드렸다. 선생님은 명확한 설명과 따스한 품을 내어주셨다.

선생님　저도 사람인지라 혹시라도 잔디아이 님의 기분을 상하게 하거나 잘못된 말을 할 수도 있어요. 그럴 때마다 알려줘요. 저는 전문가니까 의존해도 좋아요. 내담자가 공부가 많이 됐고 치유된 마음으로 충만해졌을 때 알아서 떨어져 나갈 거니 걱정 말아요. '에잇, 선생님 말씀도 이제 별 거 아니네!' 이런 마음이 들면 자신이 그만큼 큰 거예요.

선생님은 심리 상담에서 진심으로 청출어람을 허용하셨다. 그 마음 그릇을 닮고 싶지만 이마저도 완벽주의적인 욕심이 아닌지 생각해본다. 선생님은 '완벽주의'에 초점을 맞춰 상담해주셨지만 그러면서도 잘하고 싶은 마음을 남보다 크게 갖고 태어난 '완벽주의 기질' 자체를 존중해주셨다.

시작에 대한 두려움의 원인이 되었던 과거의 일들에 대해 더 말씀드렸다. 초등학교 고학년 때의 일이다. 아빠가 베란다에서 나무와 톱으로 뭔가를 만드실 때 내가 옆에서 조수 노릇을 해야 했는데, 실수를 하면 혹독하게 야단을 치셨다. 아빠는 큰 쇠줄자를 나무에 대고 치수를 재라고 했고, 치수에 오차가 있으면 화를 불같이 냈다. 그러다 나는 마지막 자발성의 싹이 짓밟히기 직전 조용히 일을 저질렀다. 줄자를 만지작거리다가 갑자기 반대로 꺾어버린 것이다. 앞 부분이 잘린 줄자는 더 이상 쓸모가 없어졌고 아빠는 무척 화를 냈다. 일주일간 엄청난 욕과 협박이 지속되었고 집안 분위기는 엉망이 됐다.

고등학교 때의 일화도 생각난다. 나는 미역국에 있는 소고기를 먹고 싶지 않았지만 다른 사람에게 주고 싶지도 않아서 싱크대에 몰래 버렸다. 그 사실을 알게 된 아빠는 내가 싱크대 하수구에 버린 소고기를 꺼내서 먹으라고 윽박질렀다. 나는 더러운 하수구에 있던 소고기를 꺼내 물로 씻어서 그 앞에서 우적우적 씹어 먹었다.

아빠의 완벽주의적 강박과 폭력성은 어린 시절 내내 유리 파편이 되어 내 무의식 여기저기 박혔다. 어떤 종류든 강박은 불안이라는 감정에서 비롯된다. 불안이 많은 사람은 어떤 일을 시작하면서 이후에 맞이할 수 있는 최악의 경우를 상상하느라 머릿속이 언제나 복잡하다. 예상했던 나쁜 일이 실제로 일어나면 '그것 봐. 내가 뭐라고 했어.'라며 자신에게 친근한 불안이 마음에 오면 그제야 안심하게 된다. 심리학에서도 스트레스가 많은 뇌는 편도체를 활성화시켜 지금 당장의 공포를 대비함으로써, 앞으로 나아가기보다 현재의 안정을 추구한다고 말한다.

타고나기를 지배 욕망이 많게 태어난 아빠에게 더해진 불안은 쥐약이 됐다. 이런 사람은 차라리 사회적으로 성공하여 에너지를 불태우며 살아야 한다. 경쟁사회에서 도태되어 화에 휩싸인 사람은 그 에너지를 집에 가지고 들어와 어린 자녀들을 쥐잡듯이 잡는다. 이는 권위 있는 훈육과는 현격히 다른 차원이다.

차분히 앉아서 '시작하지 못하고 있던 근본 원인'들을 글로 정리해본다. 구체적인 과거의 경험들을 찾아 그때의 감정을 어루만져 주고 나면 지금의 모습의 원인을 알아차리는 데 도움이 된다. 오늘은 무거운 그 한걸음이 만족스러운 날이 됐다.

상담 후 집으로 돌아가니 식탁 위에 놓인 노트북이 보였다. 마음이 조금 나아졌다고 바로 '시작'할 수 있을 거라 기대하지 않았다. 다만, 준비를 마친 포트폴리오만 잠깐 점검해야겠다며 노트북을 열었다. 그러고 나서 서비스 업로드 버튼만 눌렀다. 아직 시작은 아니다. 저장한 내용을 제출했을 뿐이다. 그다음 서비스 승인이 났다. 첫 의뢰가 들어왔고 언제인지도 모르게 '시작'을 시작하고 있었다. 총을 쏘면 긴장감을 갖고 달려야 하는 출발선 따위는 없었다.

다음 문장을 필사하고
5번씩 소리 내어 외쳐봅시다.

완벽하지 않고 부족한 것이 훌륭하고 멋진 거야!

1. _____

2. _____

3. _____

4. _____

5. _____

3장

회오리 폭풍 안에서
맞이한 뜻밖의 평온

나를 찾아가는
구체적인 치유 과정

심리 상담은 1년이 넘는 기간에 걸쳐 진행됐다. 마음의 뿌리가 어떻게 형성되었는지 알면, 앞으로의 긴 인생에 마주할 필연적인 고난을 좀 더 수월하게 대응하고 극복할 수 있을 거라는 믿음이 있었다. 처음에는 주 1회로 상담이 진행됐다. 질문거리가 아직 많이 남았는데 1시간이 금세 지나갔고 다음 주를 기약해야 했다. 그다음 일주일이 길게 느껴졌다. 그러다 몇 달 후, 2주에 한 번씩 가도 괜찮겠다는 순간이 왔다. 또 몇 달이 지나자, 한 달에 한 번만 가도 충분하다는 생각이 들었다. 그날 상담을 마치고 밖으로 나와 맞이한 하늘과 햇볕이 아름다웠고 내 마음도 편안해졌다.

상담이 거듭될수록 편안한 날들이 상담 당일 하루에서 이틀, 사흘, 일주일로 조금씩 길어졌다. 일상에서 불편한 상황이 닥칠 때마다 선생님이 무엇을 물어보실지 예상하여 그에 대한 답변을 중얼거리기도 했다. 답이 나올 때도 안 나올 때도 있었다. 하지만 세상을 향한 '마음에 안 드는 감정'들이 점점 줄어들었다.

심리 상담은 내 인생을 가장 드라마틱하게 변화시킨 일이었다.

미술 심리 사격증 수업에도 등록했다. 미술 작업을 통해 마음을 풀어내는 수업은 다양한 통찰을 주었다. 임상 실습 내담자를 남편으로 설정한 것은 결과적으로 잘한 결정이었다. 서로 바쁘고 피로한 상황에서 육퇴 후 실습까지 당해야(?) 했던 남편은 처음엔 심드렁했지만 회차가 거듭될수록 미술 작업에 빠져들어 잡념을 잊는 듯했다. 나무 그림 검사에서 남편은 굵은 나무 기둥 안에 큰 구멍을 그렸고, 그 안에 다람쥐를 그렸다. 미술 심리에서는 나무의 '결'과 '옹이'가 살아오면서 겪었던 상처나 트라우마를 나타낸다고 보는데, 남편이 그린 구멍은 보통보다 조금 커서 놀랐다.

언젠가 남편이 자신의 성격을 '초긍정적'이라고 표현한 적이 있다. 그때는 그런 성격의 이유가 궁금했는데, 남편의 그림 속 구멍을 이해하면 조금이나마 알 수 있을 것 같았다. 이럴 때는 섣불리 판단하지 않고 이유를 물어봐야 하므로 구멍과 다람쥐는 무엇을 의미하는지 물었다. 남편은 구멍의 의미는 잘 모르겠지만 그 안에 있는 다람쥐는 아이들이라고 말했다. 남편은 이유를 모른 채 비어 있던 마음속 큰 구멍을 '자녀를 사랑하는 마음'으로 메꾸고 있다는 사실을 알 수 있었다. 사람은 누구나 취약점을 갖고 있다. 남편을 자세히 들여다보니 연민의 마음으로 공감할 수 있었다.

요즘 바쁜 나날로 인해 말이 부쩍 짧아진 남편이 못마땅한 경우가 있었는데 서로를 토닥토닥 격려해주게 됐다. 나태주 시인도 오래 보아야 예쁘다고 노래하지 않았던가? 사랑할 수 없다면 공감까지, 공감할 수 없다면 연민까지만이라도 좋다.

결혼 전 그렸던 나의 캐릭터를 떠올려 해석해봤다. 자기가 만든 캐릭터는 자신을 투영한다고 했다. 내가 그린 캐릭터는 사람이 아닌 나무 인형이었다. 처음에는 누군가에게 조종당하는 꼭두각시 인형처럼 등 뒤에 피아노 줄들을 매달려 있었다. 얼굴과 몸에는 나무의 결이 너무 많았고 옹이를 연상시키는 못이 관절마다 많이 박혀 있는 상처 많은 캐릭터였다. 이 캐릭터는 나의 내면이 많이 투영된 캐릭터였다는 사실을 깨달았다. 결혼 이후, 그 캐릭터의 결과 못이 점점 줄어들면서 그릴 때마다 사람의 형태로 진화했다는 사실도 깨닫게 됐다.

또한 기질 그림 카드를 이용해 나의 기질을 분석하는 공부를 접하게 됐다. 나의 카드 중 하나는 '사자' 카드였는데, 심리 상담 선생님께서 내게 말씀해주신 기질과 겹치기도 했다. 그 기질이 긍정적으로 발현될 때는 목표를 향해 정진했고, 부정적으로 발현될 때는 목표에만 너무 집중하느라 나 자신과 주변 사람들을 돌보지 못한다는 사실을 확인할 수 있었다. 기질 그림 카드를 공부하면서 시각적 이미지를 통해 나를 객관화하고 타인을 이해할 수 있는 품을 넓힐 수 있어 매우 흥미로웠다.

마지막으로 글쓰기도 시작했다. 심리학에서는 글쓰기를 상당히 좋은 인지치료 행위라고 본다. 이따금 일기를 쓰곤 했지만 마음의 밑바닥에 붙은 감정까지 드러내지 못하고 애써 감정을 누르며 긍정성으로만 치우치는 것에 답답함을 느꼈었다. 이유를 곰곰이 생각하다가 하나의 사건이 떠올랐다. 중학교 시절, 일기에 아빠 욕을 험하게 썼다가 들켜 일주일 내내 괴롭힘을 당하고 공포를 느꼈던 경험이었다. 결국 내가 눈앞에서 일기장을 칼로 잘게 잘라 쓰레기통에 던져버리는 쇼까지 하고 나서야 아빠는 안심했다. 아빠는 중학생 딸의 무엇이 그렇게 두려웠을까? 그 사건 이후부터는 일기장에 혹시 남이 보더라도 적당히 괜찮은 감정까지만 쏟아내는 습관을 갖게 됐다. 어디 가서는 자신이 이랬다고 아무에게도 말하지 말라는 아빠의 말들로 인해 나는 동화 〈임금님 귀는 당나귀 귀〉 속 신하가 됐다. 힘든 감정 같은 것은 숨기고 아름다운 모습만을 강조하는 한국의 대내외적 가족상은 나를 억압하는 올가미가 됐다.

하루는 두꺼운 갱지 노트를 따로 사서 앞표지에 두꺼운 매직으로 '폐품'이라고 보기 흉하게 쫙쫙 써버렸다. 이 노트는 버려질 폐품이라고 마음먹고 나서야 나쁜 감정이 마구마구 쏟아져 나왔다. 마음을 종이에 쏟아내니 한결 홀가분해졌고 그 글들을 정리하여 블로그에 짤막하게 올렸다. 조회수를 올리기 위한 어떠한 시도도 하지 않았다. 개인적인 일기보다는 정돈시켜 글을 올릴 수 있어서 좋았고, 조회수가 별로 안 나오면 내 마음이 소수에게만 공개되어 안심되기도 했다.

그러던 어느 날 『작은 별이지만 빛나고 있어』라는 에세이를 발견했다. 읽어 보니 저자가 한 줄 한 줄 어떤 마음으로 썼을지 공감이 되고 눈물이 나왔다. 읽는 동안 무기력한 마음이 자연 속 요양원에 들어가 쉼을 갖는 느낌을 받았다. 그 책을 읽고 나니 다음 목표가 생겼다. 나와 남편만 읽게 되더라도 내가 쓴 글들을 엮어 책으로 만드는 것. 나와 같은 마음을 가진 독자들이 나의 글을 읽고 마음속 고통을 꺼내 날려버리는 데 도움이 되면 좋겠다는 생각이 들었다.

글쓰기 온라인 수업도 등록했다. 남편의 적극적인 지지로 수업을 듣게 되었고 하던 일도 잠시 중단했다. 첫째가 초등학교에 입학해도 내 시간을 자유롭게 못 쓰는 건 아닌데, 그전에 완료하고 싶다는 생각에 마음챙김 스케줄은 빡빡했다. 함께한 작가들과 각자의 글을 돌아가며 낭독하고 긍정의 언어로 보완하면서 좋은 점을 나누는 선순환의 방식으로 수업이 이루어졌다. 막상 독자를 염두하고 글을 쓰기 시작하면서는 많이 힘들었지만 그럼에도 글을 쓰는 동안 집중하여 나를 바라보고 객관화하는 데 큰 도움이 됐다.

난관에 봉착하기도 했다. 특별히 힘들었던 기억의 글은 다시 읽어도 생생했고 수일간 숟가락 들 힘조차 없이 무기력했다. 이 문제를 어떻게 해야 할지 갈 길을 잃은 기분이었다. 막연하게 불안한 감정을 적어보기로 했다. 생각과 감정을 시각적으로 확인하니 마음이 후련해졌다.

이런 과정을 통해 뭔가 퍼즐이 맞춰지는 느낌이 들었다. 인생 배터리를 100년 충전한다고 했을 때, 1~2년의 기간이라면 길어봐야 2%의 시간일 뿐이고, 물론 이후에도 꾸준하게 자신을 돌아봐야 하겠지만 말이다.

- 생각 정리 전: 행복한 가족처럼 보이길 원했던 부모님과 나의 이야기를 공개하는 일, 어둡고 힘든 이야기를 수면 위로 꺼내는 일에 거부감이 들었다.

- 생각 정리 후: 나의 세계라는 알을 깨고 밖으로 나오면 죽음에 이를지도 모른다는 막연한 두려움이 있었음을 깨달았다. 내 글은 대한민국의 평범한 장녀의 사적인이 야기로 시작되었지만 곳곳에 박혀 있는 한국의 고질적 인 사회 문제와도 매우 관련이 깊다. 세상에 하나뿐인 개인의 소중한 삶을 충만하게 영위할 수 있도록 사회적 분위기가 개선되어야 한다.

힘들었을 때 되뇌었던 말을 떠올려보았다. '하늘이 설마 나를 죽게 내버려두겠어?'라고 외치고 나면 그 순간은 정말 두려울 게 없었다. 생존했고 이후 더욱 단단해졌던 일을 떠올려본다.

나를 이해하고 수용하는 시간을 갖고 나니, 나의 일상을 관 조적인 시선이 아닌 애정 어린 시선으로 내 삶 안으로 들여오기 시작했다. 머리로만 이해하고 행했던 '나를 사랑하면 타인을 사 랑할 수 있다.'는 말이 이제는 가슴 깊이 와닿기 시작했다. 몸도 마음도 쇠진한 상태였지만 그럼에도 이 시간이 참 소중하다는 생각도 들었다. 그래서 화이트보드에 아예 이렇게 써버렸다.

오늘이 마지막인 것처럼 내 사람들을 사랑하며 살아가면 되지.

태어난 김에
탐색 일주

20대 중후반, 회사생활에 슬럼프를 느끼던 시기에 나는 이직하는 대신 낯선 땅에서 또 다른 나를 발견해보고 싶은 마음이 생겼다. 그렇게 필리핀, 호주를 거쳐 유럽 여행까지 이어진 생활은 느리게 흘러갔고 사람들은 너무도 여유 있었다. 한국에서는 마음의 여유를 갖지 못했다면, 해외에서의 1년이 조금 넘는 시간 동안 새로운 시공간에 날것 그대로의 나를 던졌다. 바쁘게 몰아치는 한국적 사고에서 벗어난 나는 절로 쓸데없는 짓(?)도 하게 됐다. 집에서 가져온 'Nothing Note'를 꺼내 없애고 싶은 찌질한 기억과 미련을 글로 적어보기도 했다. 그중 '피아노학원을 그만두게 된 것'이라는 글이 눈에 띄었다.

나는 청각이 예민해 음악을 듣는 귀가 열려 있었다. 중학교 때는 엄마의 클래식 기타를 빌려 기타동아리 활동도 즐겁게 했고 음악 시간에는 피아노 반주를 했다. 고등학교 때는 음악을 전공하고자 하는 친구보다 더 좋은 평가를 받았고 만점을 받았다. 하지만 엄마는 자신의 어린 시절 한국에서 소수 인원만 뽑히는 합창 단원에 뽑히고도 바로 미국행 항공 비용을 마련하지 못해 단원에서 빠져야 했던 경험을 큰 좌절, 트라우마로 인식하고 있었다. 그래서 내가 소소하게 음악을 계속 배울 수 있게 한 것이 아니라 더 흥미를 가지기 전에 그만두게 했다.

나는 노트에 '피아노는 취미로 재미나게 즐기자.'라고 적으며 좋아했던 피아노학원을 억지로 그만두게 되었던 과거의 미련에 마침표를 찍었다. 피아노 연주곡들은 나의 삶을 위로해줬지만, 마음 한편에 취미로 하는 피아노는 무의미하다는 생각을 했다는 사실도 깨달았다. 피아노는 나의 삶을 풍요롭게 해주는 수단 혹은 목표일 뿐이지 나의 존재가치와 동급이 아니었다.

호주에서 알고 지낸 나와 동갑내기 호주인 친구는 생물학 전공 공부 외에도 음악을 공부하며 작곡한 노래를 기타로 들려주는 등 서로 다른 두 가지 분야를 공부하는 것에 아무런 거리낌이 없었다. 나라에서 지원하는 탄탄한 대학 등록금 지원과 느린 생활환경 덕분이지만, 그 친구는 하나밖에 없는 자신의 인생을 즐겁게 살아가고 있음을 보며 신기했고 부러웠다.

그 외에도 신기루 같은 진귀한 경험을 했다. 필리핀에서 영어 튜터를 따라 시골 할머니댁 오지 축제에 참여했던 일, 그곳에서 나룻배를 타고 생선을 잡아와 구워주며 외국인인 나를 환대해주었던 일, 축제 마지막 날 밤에 넓은 운동장에서 EDM 음악과 레이저 조명이 어우러진 곳에서 수많은 사람들과 함께했던 댄스파티, 갑자기 필리핀 미인대회에서 시상을 하게 되어 필리핀 미녀들에게 흰 띠와 왕관을 씌워줬던 일 등 남녀노소 할 것 없이 지역사회가 함께 어우러지고 즐기는 모습이 무척 감동적이었다.

호주 홈스테이 아줌마의 친척집에 방문하여 대가족과 호주식 전통문화를 경험했던 일, 노인복지관에서 한 달간 봉사활동을 하며 노인들의 삶을 엿보았던 일, 낯선 땅에서 일을 구하다 외롭고 서러워서 길거리에서 울다 웃다 기도했던 일, 통장 잔고가 바닥난 상황에 운이 좋게 백화점 판매 아르바이트를 구했는데 생각지 못한 판매실적으로 새로운 재능을 발견했던 일, 물건을 훔치려던 건달들에게 결국 물건을 판매했던 일, 두둑해진 수입으로 한국에 오기 전 한 달 동안 유럽 여행을 했던 일, 해외에서 만났던 사람들을 통해 사랑을 베푸는 법을 배웠고 많은 것을 느꼈다. 다시 생각해도 손에 땀을 쥘 만큼 흥미진진했던 1년여 동안 나는 생존력을 경험했고 굉장한 자신감을 얻었다.

이후 한 달간 이어진 나 홀로 유럽 여행은 그동안 명확한 대답을 내릴 수 없었던 '나'라는 사람을 알아낼 수 있는 마지막 기회라 여기고 기대했다. 뻔한 관광명소보다는 골목골목 현지인들의 삶을 구경했고 유명한 음식점보다 로컬 음식점에 방문했다. 앉아서 버스킹도 구경하고 스케치했다. 한국에서는 과제로써 노려봤던 어려운 현대미술을 여기서는 오랜 시간 '그냥' 바라보았다. 바닥에 엎드리고 널브러져서 스케치북에 스케치하는 단체 중고등학생들의 여유가 부러웠다.

여행을 마치고 집에 와서 나 자신에 대해 밀도 높게 생각했던 시간들을 되돌아보았다. 그리고 내가 얻은 것들이 무엇인지 살펴보았다. 그런데 아직까지 내가 좋아하는 일이라 여겼던 직업에서 느꼈던 슬럼프를 이겨낼 의미를 찾지 못했다. 실망스럽고 자괴감이 들 지경이었다. 여행 전과 지극히 똑같은 현실로 돌아왔고, 확정된 디자인 회사 입사 날짜는 다가오고 있었다. '그래, 음악에 대한 미련 리스트에 줄을 긋기도 했고, 즐겁고 신기한 것들에 도전하고 경험했잖아.'라며 마음을 다독였다.

정답 구하기를 포기하는 마음으로 여행 사진들을 정리하던 어느 날이었다. 넘쳐나는 여행 사진들을 보다가 놀라운 사실을 알게 됐다. 사진들의 결이 모두 비슷하다는 점이었다. 인물이나 풍경 사진보다는 신기한 건축물의 장식, 패턴, 그림이 그려진 카펫, 기발한 아이디어의 디자인, 감각적인 배색, 특색 있는 분위기를 내뿜는 설치미술 등 미술과 디자인에 관한 사진이 많았다.

그렇다. 나는 아름다운 시각적 이미지를 다루고 꾸미고 만드는 것을 좋아했다. 이게 이렇게 돌고 돌아 알게 될 일이었나? 당시에는 내가 관심을 두고 시간을 내어줬던 분야에 왜 확신을 갖지 못했을까? 그 확신은 오늘의 자기 자신을 사랑을 하는 자의 특권이었던 것이다.

여행 중에 내가 '무엇을 하고 있는 인간'인지 바라볼 수 있었던 시간들이 무척 값졌다. 여러 일을 겪고 보니, 삶에는 정답이 존재하지 않다는 것을 몸소 느끼게 됐다. 좋을 줄 알았는데 그렇지 않았던 때도 있었고, 그래서 안 좋은 일을 겪었다고 생각했는데 나중에 보니 결국 좋은 일이 되기도 했다. 그러니 나쁜 일이 생겨도 그렇게 속상해할 이유가 없고, 좋은 일이 생기거든 최대한 기쁨을 만끽해야겠다는 생각이 들었다.

훗날, 자녀가 미래에 대해 상의해오면 이렇게 말해줄 수 있을 것 같다.

"엄마도 고민이 들 때가 있었지. 그러면 다양한 환경에 나를 데려가거나 책의 지혜를 빌려 나를 탐색했어. 그건 할머니가 될 때까지도 지속될 설레는 방황이겠지. 한 해 한 해 너만의 작은 보석을 모아가는 삶 그 자체로 즐겁게 살아갈 수 있을 거야. 지금 너의 모습처럼."

그 사람이 왜 이렇게
거슬릴까요?

두 선배가 비슷한 타이밍에 각자 내게 와서 재미난 이야기를 했다. A는 B를 두고, B는 A를 두고 하는 지적이었다.

> A: B는 인사를 할 줄 모르더라?
> B: A는 사람을 봤으면서 아는 척도 안 하고 그냥 지나가더라고.

둘을 보며 들었던 생각은 '아, 당신도 인사를 잘하는 사람은 아닌데 그게 마음에 거슬리는구나.'였다. 두 선배의 말을 들은 후에 나도 실수하고 있으면서 남에게 비슷한 지적을 할 수도 있겠다는 생각이 들었다. 물론 무례한 사람에게는 분명하게 표현하며 선을 그어야겠지만 말이다. 그러나 비난하는 말을 입 밖으로 내뱉지 않는다 해도, 마음속에서 거슬리는 불편한 마음의 원인을 알고 싶어졌다.

심리학자 카를 융의 이론에 따르면 타인에게 드는 거부감은 내 무의식에 들어 있는 '그림자 자아'라고 했다. 그간의 경험들에 비추어 볼 때 상당히 일리가 있는 말이었다. 지각을 많이 했던 선생님이 지각하는 학생들을 심하게 잡고, 빨간 차를 사고 싶어지면 도로에 유독 빨간 차가 많이 보이며, 고된 시집살이를 했던 시어머니일수록 며느리에게 시집살이를 시키기도 하고, "사람이 기본이 없어."라는 말을 자주 쓰는 사람이야말로 무례하고 기본이 없으며, "솔직히 말해서…"라는 표현을 자주 쓰는 사람은 속으로 숨기고 싶은 게 많고, 운전할 때 끼어들기를 잘하는 사람일수록 남이 끼어드는 꼴을 못 보는 식이다.

어린 시절 아빠가 운전하는 차를 탔을 때의 일이다. 칼치기로 끼어든 앞 차에 대해 단단히 화가 난 아빠는 사실 누구보다 끼어들기를 잘하는 사람이었다. 결국 앞에 있던 차를 추월하여 욕을 내뱉고 열을 올렸다. 그 분위기를 고스란히 감당해야 하는 건 나머지 가족의 몫이었고 나는 그런 아빠에게 이렇게 말했다.

"아빠가 세상에 모든 사람을 교화시키고 돌아가신대도 뉴스에는 같은 소식이 반복되고 끼어드는 차는 여전할 거예요."

정신과 의사 정우열 원장은 『힘들어도 사람한테 너무 기대지 마세요』라는 책에서 '그림자 자아'에 대해 친절히 설명했다. 별 이유 없이 싫거나 비난하고 싶은 타인의 거슬리는 모습은 내 마음 무의식 깊은 곳에 억눌려 있던 자아를 건드린 것인데, 이때 남을 비난하고 나면 '이득'이라는 게 생긴다고 했다. 남을 비난하고 나면 마치 나는 그렇지 않은 사람이 된 것 같아 편안함을 얻게 되는 것이다. 그러나 이는 일시적일 방편일 뿐 '나의 진짜 그림자 알아차리기'와는 멀어진다고 했다. 그리고 반대로 강하게 이끌리는 사람의 특징도 나의 그림자일 수 있다고 했다. 이를테면 소심한 성격에 대한 콤플렉스, 공부나 학력에 대한 복잡한 심정이 발현되는 심리라고 설명했다.

책에 나온 그림자 자아의 사례에는 '자기를 높이려고 남을 비난하는 사람, 무시하는 사람, 이기적인 사람, 자랑하는 사람' 등이었다. 만약 가진 것을 자랑하는 사람이 싫게 느껴진다면 사실은 나도 자랑하고 싶은 마음이 있다는 것이다. 과거에 자랑을 했다가 부모님이나 사회에서 된통 무안을 당했다든지 혹은 '나는 가진 게 별로 없어.'라며 스스로가 가진 상대적인 개념으로 괴로워했던 감정이 내면에 숨어 있던 결과라고 했다.

한번은 심리 상담 선생님께 이런 이야기를 한 적이 있다.

나　　　제 의견이 고려되지도 않았고 무시된 것 같았어요.
선생님　어떻게 무시하는 것 같아요? 혹시 잔디아이 님도 상대를 대할 때 낮게 보고 무시하는 마음이 있나요?

선생님은 내게 질문하신 후 이내 곧 이런 연기를 펼치셨다.

선생님　'흥! 제까짓 게 내 말을 흘려듣고 나를 무시해? 내가 말하는 거면 바로 딱 들어줘야지. 중요하지 않게 여긴단 말이지?' 막 이런 마음이 드나요?

선생님의 상황극은 언제나 리얼해서 재밌었지만 동시에 허를 찔렀다. 상담을 받으며 나의 말은 당연히 중요하게 여겨져야 한다는 생각이 있진 않은지, 아빠의 말을 한 번에 따르지 않고 무시한다며 자신의 말은 모두 옳다던 아빠의 우월의식이 내 속에 고스란히 들어온 건 아닌지 생각해보게 됐다. 그림자 자아에 대해 자세히 알고 나니 일상에서 거슬리는 마음을 돌아보기 시작했다.

- 손톱깎이를 제자리에 두지 않는 남편을 지적할 때: 나도 물건을 제자리에 두지 않으니까 남편이 제자리에 두지 않은 것이 거슬렸구나.

- 빡빡하게 구는 모습이 거슬릴 때: 내가 마음의 여유가 부족하기 때문에 타인의 빡빡한 면이 거슬렸구나. 자신의 감정을 수용받지 못하고 나처럼 혹독했겠구나. 타인도 나도 토닥토닥.

사람은 누구나 그림자 자아를 가지고 있다. 이제 내게 필요한 건 지나친 자기 검열이 아니다. 대수롭지 않은 부정적인 생각에 사로잡힌다면 마음속 원인을 알아차리되, 그 생각이 머릿속에 흘러들어왔다가 나가는 대로 두자. 이러한 생각의 흐름에 습관을 들이고 나니 완고함은 줄어들고 세상살이가 어제보다는 편해졌다. 상대에게 화가 날 때는 이렇게 외치고 문제를 치워버리자.

"저 사람 왜 저런대. 정말로!"

한번은 죽음을
불러다 놓고 말했다

　나태주 시인의 시 '안녕'은 배우자와 영원한 이별에 관해 이 야기한다. "아내에게 건네는 아침 안녕이 언제까지 이어지기나 할 것인지." 오랜 세월 동고동락한 배우자와 노년의 여정 끝에 서 맞이하는 죽음은 어떤 느낌일지 감히 헤아릴 수 없다. 죽음 중에서도 가장 고통스러운 것이 배우자의 죽음이라는 통계 기 사를 본 적이 있다. 이는 자녀의 죽음보다 상위에 있다고 한다. 그런데 위의 시를 읽으면서 나태주 시인은 노년의 삶을 다정한 죽음과 함께 살아가고 있다는 느낌이 들었다. 죽음도 삶의 일부 라는 관점으로 보면 말이다. 시를 통해 시인이 그간의 삶을 어 떻게 바라보았는지 느낄 수 있었다. 이쯤에서 시인의 유명한 다 른 시 '풀꽃'이 떠오른다.

자세히 보아야 예쁘다
오래 보아야 사랑스럽다
너도 그렇다

죽음이 존재하는 이유는 무엇일까? 처음에는 죽음의 존재가 가혹하기만 했다. '이럴 거면 차라리 태어나게 하지 말지.'라고 생각했다. 수많은 사람의 피고 짐, 만남과 헤어짐을 만든 하늘이 참 너무하다고 생각했다. 그렇지만 죽음은 삶을 자세히, 그리고 오래 바라보게 만들었다.

결혼 전 혼자일 때의 나는 죽음 자체가 그렇게까지 두렵지 않았다. 그런데 배우자가 생기니 죽음이 조금 더 두려워졌다. 그다음 아이들이 생기니 그 두려움이 엄청나게 몰려오기 시작했다. 아침에 눈을 뜨고 나서 천장이 보인다. 바로 얼굴을 돌려 아기의 존재를 확인한다. 아기는 곤히 자고 있다. 하얗게 불태웠던 전날의 육아로 인해, 아침이 되니 내 다리가 검은 재가 되어 사라지는 상상을 해본다.

'내가 이대로 죽으면 이 연약한 아기는 누가 키우지?'

짤막한 생각이 머릿속을 스쳐 지나간다. 남편은 나만큼이나 아이를 향한 레이더가 깨어 있을까? 그건 전혀 아닐 것 같지만, 여러모로 나보다 더 잘 키울 것이다. 다행이다. 안도하며 시야는 흐려지고 다시 잠에 든다.

한번은 '죽음'을 불러다 앉혔다. 남편에게 미리 말도 해두었다. 그럴 일은 없겠지만, 내가 혹시 세상에 부재하게 된다면 아이들을 잘 키워달라고 당부했다. 육아 서적에서 중요한 부분에 밑줄도 쳐놓았다. 남편에게 밑줄 위주로 보면 된다고 이야기도 남겼다.

아기를 보호하기 위한 감각은 더 예민해졌다. 분명히 아기는 아빠와 같은 방에서 자고 있지만, 다른 방에서 자고 있는 내 귀에만 아기의 울음소리가 들렸다. 엄마의 몸과 정신은 아기에게 모든 촉수를 세우도록 재설정됐다. 이건 그냥 엄마와 아기 사이에 흐르는 주파수다. 내가 과거에 보고 겪은 불안의 총합을 기반으로, 민감 단계를 더 높였다.

아기 엄마라면 누구나 불안해지기는 하지만 무엇이 나를 이렇게 불안하게 만들었을까? 과거를 떠올려보면 나는 아빠로 인해 죽음을 대면할 일들이 많았다. 아빠는 자신이 느끼는 죽음에 대한 두려움을 가족에게 공격성으로 표출했다. 자신이 원하는 완벽한 상황으로 굴러가지 않을 때마다 아빠는 스스로를 환멸했고, 그 감정을 가족들에게 투사했다. 괴로움이 극에 달할 때는 자녀가 두려움의 짐을 나눠주길 바랐다.

"내 말대로 하지 않으니 가스 불 켜고 같이 죽자."

아빠는 내 눈앞에서 가스 불을 켠 다음 입으로 바람을 '후' 불어서 불을 껐고 이내 가스 냄새가 내 코를 찔렀다.

"아빠, 그렇게 하면 가스가 집 안에 안 차요. 모자라요. 단계를 더 올려야지, 이렇게. 저쪽 창문은 안 닫혔어요. 이쪽은 밖에서 구출도 못하게 다 잠갔어요."

이렇게 대답하고 실행한 나는 따스한 햇살이 들어오는 공간에 앉아 시계를 응시했다. 그러다 어느 영화에서 봤던 장면이 떠올라서 라이터를 찾기 위해 서랍을 뒤지기 시작했다.

"가스가 다 차면 라이터가 필요할 것 같아요."

아빠는 나의 행동을 바라보다 부랴부랴 창문을 여셨다. 특별히 이렇게까지 할 이유가 없는 상황이었지만 언제나 그렇듯 아빠는 자신의 괴로움을 내게 공유했다. 고등학생 딸을 협박해서 얻을 수 있는 게 뭐가 있었을까?

나는 스스로 죽음을 계획한 적이 없다. 조금의 가스로 집이 터질 리 만무했지만, 나는 폐활량이 좋아 숨도 오래 참을 자신이 있었다. 아빠보다 더 오래 정신을 차리고 있을 자신이 있었다. 중요한 것은 더 이상 이런 상황으로 내 인생을 낭비하지 않기 위하여 아빠가 가장 두려워하는 죽음, 그것을 나는 두려워하지 않아야 한다는 것이었다.

자아의 뿌리에 사랑이 없어 어린아이 단계에서 마음의 성장이 멈춘 아빠가 안타깝기도 했다. 아빠는 자신의 힘든 상황이나 감정을 이해받기 위해 뭐든지 강하게 어필해야만 했다. 감정 조절 기능이 무너진 '어른 아이'에게 자녀는 매우 힘겨운 짐이었을 것이다.

눈앞에 들이닥쳤던 수많은 사건과 위협으로 인해 나는 내가 죽음 앞에 초연해진 줄 알았다. 그렇지만 완전한 오해였다. 나는 언제나 현재를 제대로 살아내지 못하고 구름 너머에 있는 것 같은 아름다운 미래만을 꿈꿔왔다. 남들은 다 누린다는 '소확

행'은 내게 사치 같았다. 무라카미 하루키가 말했던 "갓 구운 빵을 손으로 찢어 먹는 것, 서랍 안에 반듯하게 접어 넣은 속옷이 잔뜩 쌓여 있는 것, 새로 산 정결한 면 냄새가 풍기는 하얀 셔츠를 머리에서부터 뒤집어쓸 때의 기분" 따위는 내게 팔자 좋은 소리처럼 느껴졌다. 꿈속에서마저 편히 쉬지 못하고 언제나 누군가에게 혹은 무언가에 쫓겨다녔다.

나는 잘 알지 못하는 두려움을 마주하지 못했다. 스스로를 돌보기 위한 시간을 갖지 못했다. 따뜻한 시선으로 타인을 바라볼 마음의 여유가 없었다. 내면을 대신 채워줄 외적 보상만 있을 뿐이었다.

죽음은 분리의 고통이며, 합일이었던 엄마와의 분리 그리고 세상과의 분리라고 했다. 가족이나 사회 등 집단에 소속감을 느끼지 못하고 소외됨을 느낄 때도 분리의 고통을 느낀다. 소설이나 드라마, 사랑 노래조차 합일의 기쁨과 분리의 고통을 노래할 때 대중의 큰 공감을 얻는다. "우리 오늘부터 1일이다." 혹은 "이제 우리 그만 끝내자."라는 드라마 대사 하나를 두고 얼마나 많은 시청자의 마음을 웃기고 울리는가?

취학 연령의 어린이들은 그림책에 녹아든 타인의 이야기를 통해 분리를 간접적으로 배울 수 있다. 이야기 속 주인공의 생모는 병들어 죽고 아버지는 계모를 맞이하면서 생모와 분리되고 계모라는 낯선 세상이 존재함을 알게 된다. 아이는 주 양육자(아빠나 할머니 등이 될 수도 있다)와의 애착을 형성하는 3년여

동안 부모의 품을 통해 세상이 안전하다고 믿는다. 그 후 애착을 바탕으로 어른이 되어가면서 부모와 아이가 서로 성숙한 분리 작업을 해나간다. 그러면서 사회의 일원으로 독립하여 살아갈 내면의 힘을 얻는다.

전래 동화는 대체로 아이들에게 유익하지만, 종종 해로운 요소가 있기도 하다. 그중 하나는 어릴 적 아빠가 자주 말씀하신 전래 동화 〈심청전〉이다. 아빠는 "내가 물에 빠지면, 너도 심청이처럼 대신 물에 빠져 죽을 만한 마음을 갖고 있느냐?"고 내게 물었다. 아빠는 물에 빠져 힘겨웠지만 도움을 받아보지 못한 어른아이의 모습을 한 채 자신의 자녀를 마주했다.

첫째가 7살 때 이따금 엄마와의 분리에 대한 불안한 마음을 달래기 위해 내게 이렇게 물어본 적이 있다.

"어린이집 끝나면 엄마가 데리러 올 거야?"

"길을 잃어버리면 엄마가 날 꼭 찾으러 올 거야?"

"엄마는 내가 잘못해도 사랑해?"

처음에는 당연한 질문을 하는 아이의 마음이 이해되지 않았다. 그러나 한편으로는 불안한 마음을 알려주는 아이가 고맙기도 했다. 분리 불안을 일으킬 만한 사냥꾼이나 늑대가 나오는 이야기를 4살쯤 처음 읽어줬는데 아이가 내용에 빠져들었던 기억이 있다. 너무 일찍 그런 이야기를 들려준 것에 후회가 들기도 했다. 그러면서 아이는 내적 기반에 탄탄한 밑 작업을 하려고 아직은 연비가 낮은 마음 필터가 과부하될지언정 수고롭게 돌리고 있었다. 아이의 질문을 곱씹으며 그 질문의 내적 언어가 무엇일지 곰곰이 생각해보았다.

'기본욕구를 채워주는 데만 급급하지 말고 엄마가 나를 자세히 바라봐주었으면 해.'

사실 이 말은 내가 어린 시절 나의 부모에게 하고 싶었던 말이기도 했다. 나는 아이가 준 기회를 놓치지 않고 정확하게 설명해주었다.

"그럼, 당연하지. 엄마는 하원 시간에 꼭 너를 데리러 갈 거야. 만약 늦는 적이 있더라도 햇님이가 기다리는 마음을 잘 알고 있어. 엄마가 데리러 뛰어가고 있다는 사실을 알아줘."

아이를 양육하는 것은 내게 성장과 치유다. 내가 듣고 싶었던 말을 내 아이에게 해줄 때마다 그 말이 다시 내 귀로 들어왔고 나의 어린 시절도 함께 치유되고 있다. 이제는 더 이상 죽음의 두려움에 끌려다니지 않고, 내 인생에 종이 아닌 주인의 마음으로 살아가겠다. 마음에 사랑의 자양분이 늘어갈 때마다, 내가 살고 있는 소소한 일상으로 한 발짝씩 들여놓아야겠다. 그러다가 두려우면 잠시 뒤로 물러나도 좋다. 마음의 준비가 된다면 다음에는 두 발짝 들어갈 수 있을 테니까.

폭군 앞에서
금기를 깬 사자

사극 드라마에 종종 막장 인물로 등장하는 왕이 있다. 바로 가혹한 고문과 공포정치를 일삼았던 조선 제10대 왕 연산군. 엄마 폐비 윤씨의 원수를 갚기 위해 왕권을 휘둘러 조정에 피바람을 몰고 온 폐왕이다. 역사적 사실을 바탕으로 한 이러한 막장 스토리의 높은 시청률은 대중의 어두운 욕망을 드러내고 대리만족을 선사했다. 하지만 중종반정으로 그의 몰락이 전개될 때, 시청자들은 "그럼 그렇지. 나쁜 짓을 했으니 벌을 받는구나. 나는 저 주인공과는 달라."라며 이번엔 연산군의 반대편에 서서 안도한다. 연산군 역할을 보며 나는 우리 집에도 연산군이 있다고 생각했다.

'우리 집에도 연산군이 있다.'

그 사람은 바로 나의 아빠다. 하지만 연산군과는 달리 아빠는 고작 가족 4명 위를 군림하는 왕이었다. 엄마는 중전이었고 우리 남매는 노예 계급이었다. 아빠는 온갖 유교 이념을 빗대며 억압과 제약을 두어 권력과 폭력 남용을 합리화했다. 자신이 하늘이고 우리는 땅이라며, 어떤 말에도 토를 달지 말고 자신만을 높이 받들라고 했다. 타인의 표정 변화를 예민하게 포착하는 능력을 단점으로 사용하여 매사 시비와 꼬투리를 잡았다. 아빠의 들쭉날쭉한 감정은 집안 분위기를 싸늘하게 만들었고, 집안의 온갖 물건들이 내게는 아빠의 폭력을 위한 흉기로 보이기도 했다. 무릇 성군의 자질이라 하면 백성들에게 온정을 베푸는 것인데, 아빠의 언행은 천민의 수준을 넘지 못했고 안위를 누리기는 왕, 가정 내 폭군 연산군과 같았다.

그러나 연산군에게는 악행적 면모만 있었던 것은 아니었다. 그는 예술가적 기질이 뛰어나서 시를 짓고 시집을 낼 만큼 감수성이 예민하고 풍부했다. 또한 신체 능력도 뛰어나 민첩했고 노래를 좋아하며 처용무에 능했다. 그런 창조력 면모를 지닌 연산군은 한때 온정한 정치를 펼치기도 했고 중전을 향한 사랑꾼의 면모를 보였으며, 특별히 장녀 휘신 공주를 각별히 여겼다고 했다. 장남 '기고'는 연산군과 정반대의 기질을 지닌 인물로, 그의 기상이 꼭 할아버지인 성종을 닮았다고 칭찬했던 신하에게 단번에 칼을 휘둘렀다는 기록이 있다. 칭찬을 빙자한 은근한 비교는 예나 지금이나 다르지 않구나 싶었다.

나의 아빠도 연산군의 기질과 매우 닮았다. 역시 예술가적 기질로 감수성이 예민하고 풍부하여 글과 그림에 능했고 연애 시절 엄마를 향한 마음을 시로 지어 시집을 선물했다. 신체적으로도 뛰어나 민첩했고 목청이 좋아 노래를 잘했다. 그러나 나의 친조부모는 자녀(아빠)의 이러한 재능을 귀하게 여기고 키워줄 역량이 못 냈다. 그저 생존을 위한 가장 밑바닥 자원 공격성을 움켜쥐고 전쟁통에서 살아남은 사람들이었다. 외할머니가 피난 중에 형제를 잃었다면, 친할아버지는 눈앞에서 가까운 친족이 죽임을 당했다는 이야기를 들은 바 있다. 죽음에 대한 할아버지의 충격과 두려움은 아빠에게 고스란히 대물림됐다.

연산군은 존재 자체로서의 '자아'가 아닌, 성군이 되어야 한다는 엄격한 '초자아'와 억압된 창조력, 애정결핍과 어머니가 죽임을 당한 줄도 모르고 자란 깊은 분노 그리고 원한 등이 결합되어 파괴적인 광기와 가학적 사디즘으로 분출되었을 것이다. 심리학에서도 창조력이 억압되면 파괴적인 형태로 변질된다고 했다.

어릴 적 나는 아빠가 경찰에 잡혀가면 좋겠다고 생각했다. 차라리 정신이 확 돌아서 아빠의 초록색 소주병에 몰래 화학 물질을 집어넣고 내가 잡혀가는 상상을 해보기도 했다. 만취한 상태로 가족을 괴롭히는 임무를 다하고 곯아떨어진 아빠의 방으로 갔다. 깜깜한 방 안, 달빛에 비친 아빠의 자는 모습을 옆에서 오랫동안 내려다보았다. '지금 당장 하늘나라에 보내드리는게 서로에게 편하지 않을까.' 별의별 나쁜 상상을 다 하다가 이내 내 방으로 돌아갔다. 뉴스에 나오는 폭력적인 아버지를 상대로 우발적 범죄를 저지른 세 모녀 사건을 보며, 나는 그 모녀에게 마음이 갔다. 가족이 서로 사랑하기에도 모자란 일생에 누가 혹은 무엇이 이 사람 뇌를 파괴와 불안으로 가득 채워놓은 걸까?

23살 때였다. 아빠는 자기 성질에 못 이겨 나에게 손찌검을 하려고 했는데, 나는 이렇게 말했다.

"나는 아빠의 소유물이 아닌 하나님의 자녀예요. 함부로 손댈 수 없어요."

아빠는 손을 거두었다. 그 말을 왜 23살이 돼서야 했을까? 어린 자녀는 부모가 대하는 대로 대우받는 존재다. 욕과 비난을 듣고 그대로 받아들인다. 나는 악마가 빙의된 듯한 눈빛으로 소리를 지르는 아빠를, 전두엽이 망가져 감정 조절이 안 되는 환자라고 생각하는 것 말고는 할 수 있는 일이 없었다. 나의 단호한 선언 이후, 아빠는 물리적인 폭력을 가하진 않았지만 공포스러운 위협은 지속됐다.

하루는 집에서 아빠와 실랑이를 벌이던 중 한바탕 뒤집어 엎어 악의 사슬을 한 단계 더 끊어내고자 했다. 나는 "내가 죽어서 귀신이 되어 아빠가 죽을 때까지 괴롭힐 거예요."라고 말하고, 곧바로 베란다 창문을 열어 다리를 걸치고 올라가 몸을 밖으로 내밀었다. 아빠는 위협을 멈추고 나를 끌어내렸다. 다시 한번 말하지만 내 인생에 죽음을 스스로 계획한 적이 없다. 나는 담력이 있기에 베란다에 올라갈 수 있었고 난간을 잘 잡을 수 있었다. 혹여 실수로 미끄러진다고 해도 이생의 지옥보다는 천국이 낫겠지 싶었다. 기운이 다 빠진 나는 바닥에 쓰러졌고, 나를 내려다보는 아빠의 눈을 보고 이렇게 말했다.

"만약 총이 있었더라면 당신을 쐈을 거야."

태어나 보니 이런 아빠 아래에서 살라니, 이런 미친 세상이 다 있냐고 생각했다. 지금까지 견뎌왔고 고통을 극복하기 위해 나의 허점과 불완전함을 다 까발리면서 글을 쓰고 스스로를 직면하고 있는 이유가 궁금했다. 심리 상담 선생님이 그 이유를 말씀해주셨다. 사람이 싫으면 마음에서 그냥 떠나보내면 그만인데, 나는 부모님과 사람과의 관계를 중요하게 여기는 사람이기 때문에 이렇게 힘들어하는 것이라고 했다. "다들 이런 마음이지 않을까요?" 하고 여쭤보니 다 이렇지만은 않다고 말씀하셨다. 그러면서도 나의 썩은 뿌리를 긍정으로 이끌어주는 말씀을 건네주셨다.

"잔디아이 님은 본래 기상과 에너지가 높은 사람이에요. 사자의 기질을 가졌기에 아빠의 위협이나 통제에 굽히지 않으려고 하는 거죠."

나는 역기능적 가족의 가운데서 부모의 끝없는 해결책 요구를 충족시켜주지 못한 죄책감과 무력감으로 에너지를 소모하느라 스스로는 못 키웠다. 아빠는 가족을 감정 배출구로 사용했고, 내일이 시험이든 뭐든 상관없이 시도 때도 없이 우리 남매를 불러내 부모가 갈라서면 누구를 따라갈 거냐고 물어 매번 눈물을 터트리게 만들고는 엄마를 회유했다. 타인의 감정에 잘 동화되어 힘들어하는 나를 부모의 싸움에 동참시키고 이용했다.

그런 다음 단계가 남아 있었다. 엄마는 모든 감정을 내게 쏟아내면서도 모든 것은 오직 나만 알고 있어야 했다. 무덤에 가도 말하면 안 된다는 자신만의 이야기를 나에게 쏟아부어 나의 마음은 배수로 없는 하천처럼 썩어갔다. 그러면서도 엄마는 내가 아빠를 챙기는 마음도 갖기를 바랐다. 차라리 정신을 분열시키는 게 나을 것 같았다. 나름 선택한 '회색돌 기법'으로 부모님의 어떠한 말이나 상황에서도 함께 휘둘리지 않도록 감정 로봇이 되는 연습을 했다.

얼마 전에는 아빠가 다짜고짜 전화해서 나를 깜짝 놀라게 했다. 오랜만에 전화를 하면서도 아빠는 엄마의 건강이 안 좋아진 것에 대한 죄책감을 유발했다. 그때 나는 심리 상담 센터에 가려고 자동차에 시동을 걸던 중이었다. 순간 정신을 놓고 자동차를 박아 주차장 울타리가 무너졌지만 그래도 흔들리지 말아야 했다. 내 사고가 아니고, 아빠의 말에 대해서 말이다. 순간 '엄마가 돌아가시면 어떡하지?' 하는 생각이 들었지만 아무 감정이 없어야만 하는 나의 상황이 슬펐다. 아빠가 돌아가셔도 눈물 한 방울 안 나올 것 같은 총체적인 나의 상황이 슬펐다. 이미 마음속으로 부모님을 지우고 애도 기간까지 마쳐서 그랬던 걸까? 내 눈물은 인생의 전반기에 이미 소진되어 메말라버렸다. 더 이상 부모님을 위해 흘릴 눈물이 없었다.

병원에서만큼은 엄마가 자기 자신을 가장 사랑하는 사람이 되길 바랐다. 그런데 엄마는 내게 오랜만에 전화해서는 자신이 옆자리 환자들을 도와주고 교양 있는 사람이라고 인정받았다는 말만 늘어놓았다. 그런 말들은 진짜 나의 삶을 찾기 위해 엄마와 거리를 두고 연락도 하지 않던 내게 마치 이렇게 들렸다.

'봤니? 나는 내가 아픈 상황에서도 남을 먼저 돌본다. 너도 네 자신을 돌보는 시간을 갖기보다는 부모를 먼저 생각해야지.'

병실에서까지 이런 메시지를 끊임없이 전달하는 엄마가 싫었다. 정확하게는 한국의 6070 어머니들에게 씌워진 생각이 싫었다. 부모님 이야기를 밖에서 하면 사람들은 그런 너를 만만하게 볼 거라는 아빠의 걱정이 슬펐고, 실제로 그렇게 생각하는 사람들이 있다는 현실이 슬펐다. 그런 자신의 모습을 남편에게 어디까지 이야기했냐는 질문, 오직 자신의 체면이 자녀의 마음보다 더 중요한, 해도 해도 너무한 사람들끼리 그들만의 리그에서 잘살라고 하면 된다. 이것은 과연 한 개인만의 이야기일까 아니면 한국 사회가 수놓은 가족상의 허상일까?

이제 나는 드라마 같은 부모님의 세계에서 완전히 빠져나오려 한다. 정신의학자 아들러는 '가장 이기적인 것이 가장 이타적이다.'라고 말했다. 존중을 모르는 그들에게 장녀는 이제 없다.

부모님과의
거리 두기, 그 후

　그 뒤로도 나는 명절이나 생신 때 가족 모임에 가지 않았다. 사실상 마음속으로는 부모님이 돌아가셨다고 생각했다. 실제 상황이 아닌데도 상중 애도 기간과 비슷한 감정들을 겪었다. 일거수일투족을 간섭하는 방식을 사절하는 것은 결코 좋은 관계로 해결되지 않았다. 내 나이 불혹에 강경한 방식으로 마무리되는 데까지 이어졌다.

　서로를 격려와 응원으로 이끄는 건강한 독립은 환희를 불러온다. 그런데 나는 몸의 독소를 빼내는 디톡스처럼 마음도 디톡스되어 독성이 흘러나와 고름이 차고 아팠다. 엄마를 그렇게나 미워했지만 그래도 엄마가 보고 싶어서 그동안 아무 일도 없었다는 듯 다시 예전의 덫으로 돌아가고 싶은 마음이 일기도 했다. 하지만 다시 엄마를 본다고 해결되는 일은 없다는 건 무수한 경험을 통해 잘 알고 있었다. 감당 안 되는 복합적인 감정과 우울은 나를 집어삼켰고, 어쨌거나 나는 이 시간을 묵묵히 보내야만 했다.

무기력해서 걸을 기운이 없었고, 체력은 바닥이 났으며, 별이 보이듯 머리가 띵하기도 했다. 거울에 비친 얼굴은 회색빛이었고 입술에는 생기 없었다. 나의 어린 아이들은 이런 상황을 이해할 수 없었고, 다정한 엄마를 볼 권리가 있었다. 그런데 나의 눈빛은 아이들을 돌볼 최소한의 빛만 남겨둔 상태였다. 내가 먼저 돌봄을 받아야만 했다.

우울증의 증상처럼 가까운 거리도 너무나도 멀게 느껴졌고 움직임의 범위가 매우 좁았다. 그때는 제법 쌀쌀한 3월이었다. 지인이 추천해주는 심리 상담 센터에 가고 싶었지만 운전해서 35분이나 걸리는 그곳까지 갈 용기와 체력이 아예 없었다. 상담 비용도 내게는 비쌌기에 혼자 힘으로 이겨내볼 생각이었다.

심리 서적을 들여다보는 와중에 『무기력이 무기력해지도록』이라는 책이 눈에 띄었다. 무기력의 원인은 삶이 내 의지대로 통제되지 않는다는 한계를 느낄 때 오는 감정이라고 했다. 책 제목 자체에도 폭풍 같은 위로가 됐다. 그런 책을 쓸 만큼 치유가 필요했던 저자의 삶을 자세히 들여다보니 최소 몇 년간은 무기력이 무기력하도록 있었던 시절이 있었다. 무기력한 나, 힘이 없는 나, 지친 나의 모습을 인정하고 내버려두는 애도 기간이 있었다는 뜻이다.

생각해보면 그 기간이 핵심이라 여겨진다. 심한 경우, 생존 유지를 위해 겨우 '숨'을 쉬고 있는 사람은 이불을 박차고 나올 체력과 자신을 이길 에너지가 아예 방전되어 있다. 지금까지 달려오느라 지친 마음이 충분히 회복되도록, 무기력이 가장 무기력하도록 심리적으로 완전한 쉼을 주어야 한다. 이것이 그 사람을 치유할 수 있는 지름길이다. 이 기간을 겪어보니, 다른 무기력해하고 힘겨워하는 이들을 보면 나름의 방식으로 회복하고 있거나 에너지의 총량이 소진되었나 보다 하고 생각하게 됐다.

6개월이 지났다. 여전히 마을에서 마주치는 지인과 친구 엄마들과 웃거나 일상을 누리면 안 될 것 같았다. 마음속에 남아 있는 부모님을 지우기로 다짐했고, 그 사실에 스스로 괴로워하고 있다는 걸 부모님이 안다면 어떤 생각이 들지 생각해보았다. "그래야지. 네가 죄책감을 느끼고 이제야 깨닫는구나."라며 좋아할 것 같았다. 그건 네 생각이고 오해라고 하실지라도 이것이 내가 느끼는 나와 부모님 사이의 신뢰 수준이었다. 40여 년간 소통과 사과의 기회는 많았지만 이게 그 결과였다. 외로움과 고립의 두려움을 이겨내야 했다. 관계에 부여된 나의 역할과 의무를 벗어던지고 오로지 '나'를 직면할 시간이 필요했다.

부모에 대한 전통적인 효 이념은 자녀에게 죄책감을 주었고 종속되게 했다. 한국의 부모들 중에 나르시시스트가 많다는 통계보다 다음 세대로 대물림될 가능성은 더 위험해 보였다. 나도 모르게 내 안에 자리 잡은 생각 회로를 수시로 자각하고 떨쳐내기란 여간 어려운 일이 아니었다. 그래서 수양자는 머물지 않는구나. 한국적 특성으로 똘똘 뭉친 권력 구도의 카르텔은 '나'를 찾고자 하는 강력한 마음을 갖게 했고 동시에 '나'를 찾고자 떠

나는 타인의 뒷모습을 고깝게 보는 모순도 숨겨져 있었다.

부모님과도 연락을 안 하는데 나와는 친근했던 친척들에게는 당연히 안부를 물을 수 없었다. 부모님과 자주 연락하는 고모, 이모, 삼촌에게 연락하는 것도 나로서는 힘든 일이었다. 어쩌다가 주고받는 사촌들과의 안부 외에는 나의 근간이 되는 모든 혈연으로부터 고립된 느낌을 받았다. 초등학교 때부터 나갔던 교회에도 나갈 수 없었다. 세상에 덩그러니 남은 것 같은 외로움이 느껴졌다.

관계의 단절은 나를 다음 단계로 곧바로 진화시켰다. '혼자 있을 때 행복한 사람은 여럿이서도 잘 지낼 수 있는 사람'이라는 말이 떠올랐다. 단단한 자아를 기반으로 혼자 있는 시간을 누릴 수 있어야 타인과도 안정적인 관계를 맺을 수 있다는 의미일 것이다. 타인의 욕망에 얽히고설킨 관계를 끊어보니 끊긴 건 사랑이 아닌 나의 역할들뿐이었다.

부모님 댁에 가질 않으니 멀리서 살고 애들을 키우느라 바쁜 남동생과 못 본 지 오래됐다. 어느 날 남동생에게서 가족 모임에 나타나지 않는 내게 편하고 좋냐고 묻는 연락이 왔다. 편하고 좋아 보였나 보다. 그래서 부러웠나 보다. 부모님댁에 가는 게 힘들었나 보다. 너도 네가 원하는 삶을 살라고 말해줬다. 엄마는 내게 전화해서는 다른 집들의 장녀와 비교하는 방식으로 동생을 챙기고 의무를 다하라고 지적했다. 그리고 남동생에게는 누나에게 연락하라고 충고하여 피곤하게 만들었다. 엄마에게 나와 동생을 향한 사랑과 존중의 태도는 없었다.

차라리 가만히 있었다면 때가 되어 어련히 알아서 연락했을 것이다. 우리 남매는 어린 시절 막강한 권력자 아래에서 얼마나 똘똘 뭉쳤던가! 우리를 탓하며 역할을 강조해 죄책감을 이끌어낸 엄마는 늙은이로 열외되지 않고 남매의 중심에서 권위를 되찾는 듯 보였다. 역시나 피곤해진 나나, 등 떠밀려 내게 연락한 남동생의 안부에는 자발성은 없는 억울함과 부러움이 고스란히 느껴졌다.

6개월의 공백 이후 엄마가 우리 집으로 방문하겠다고 했다. 엄마는 얄궂게도 아무렇지도 않은 듯 나를 마주했다. 언제나처럼 설명이란 게 없었다. 우리는 맥주를 마시며 새벽까지 이야기를 나눴다. 부모님과의 힘들었던 이야기들을 털어놨고 엄마는 공감을 해주려고 노력하면서도 원점으로 돌아오기를 반복했다. 엄마는 거의 모든 일이 기억나지 않는다고 했고 놀라기도 했다. 눈을 보니 나를 이해하는 척하는 것 같아서 진짜로 이해하느냐고 묻기도 했다. 그래도 '척'이라도 하려고 노력했다는 것에 의미가 있었다. 물론 또다시 내 이야기를 중간에 끊고 엄마의 사정과 변명이 먼저였지만. 엄마가 집으로 돌아간 후 주고받은 문자의 끝에는 화와 억울함이 가득하기도 했다. 엄마도 사실 어찌해야 할 바를 몰랐을 것이다.

인간은 모두가 자기중심적이라는 이론하에 설득력이 하도

좋아 딸에게 가스라이팅을 잘하는 엄마라도 충분히 억울할 수 있다고 생각된다. 그래도 나의 근간이었던 엄마와 소통한 후 조금은 홀가분해지기도 했다.

거리 두기의 효과였을까? 추후에 엄마는 아빠와 함께 왔다. 엄마는 보통의 아빠가 마땅히 딸을 대해야 하는 잣대를 들이대며 비난하고 종용했을 것이다. 부모님이 서로에게 내뱉었던 비난들은 모두 내 귀에 들어와 내면에 자리 잡았다. 언젠가 나도 모르게 남편에게 건네는 습관 같은 말들을 자각했고, 나 자신을 제어하는 데 무척 애를 먹었다.

엄마가 아빠에게 전한 나의 기억들은 이러했다. 5살 때 자전거를 타다가 다쳐서 집에 들어갔는데 내가 다쳐서 들어왔다는 이유로 만취한 아빠가 나를 무자비하게 때렸던 일, 엄마를 회유하기 위한 인질로 나와 동생을 학대한 일, 아빠를 위해 나와 동생을 재우지 않고 새벽 4시까지 이어진 노동력 착취, 정신적 학대, 수많은 죽음 협박, 차마 글로 다 못 적은 기억들은 마치 영화 〈큐브〉처럼 주인공인 내가 죽어야만 끝나는 영화 같았다. 남편은 아이들을 데리고 밖으로 나가 자리를 비켜주었고 아빠는 진심으로 사과하는 듯했다. 만취한 다음 날 사과하고 잘해줬다가 또다시 번복했던 평소의 모습처럼.

"그런 일들이 있었는지 기억은 하나도 나지 않는다. 그래도 진심으로 사과는 할게. 나도 못해준 부분에 대해 미안하게 생각하고 있어. 다만 이후에 내 사과를 받아들이고 말고는 네 몫이다. 계속 괴로워한다면 괴로운 인생이 될 거야."

아빠는 마지막에 이런 말을 덧붙였다. 사과를 받고 나서 누그러트릴 내 마음의 속도까지 통제했다. 천천히 감정을 누그러트리려던 내 마음은 이 말을 듣자마자 초단위로 사라져버렸다. 아빠는 갈비뼈를 다쳐서 더 이상 말할 수가 없으며 고모에게 전해줄 물건이 있어서 얼른 가봐야 한다고 했다.

나는 아무리 생각해도 정말 오래간만에 자녀와 진솔한 대화를 나누는 기회를 이렇게 빠르게 날리진 않을 거란 생각이 들었다. 갈비뼈를 다쳤다면 낫고 나서 딸의 집에 왔을 것 같았다. 더군다나 뒤에 약속을 만들어 빠르게 가지 않았을 것 같다. 마침 갈비뼈가 우연히 다친 것도 있지만 아픔을 앞세운 회피 심리도 있었다. 만약 나의 딸이 내게 서운한 마음이 있는데 데면데면 지내다가 딸의 속내를 모르고 죽으면 싫을 것 같다는 생각이 들었다. 그래서 부녀간의 최소한의 도리로써 나의 생각을 알리려고 했던 것이다. 아빠가 그동안 내게 했던 훈계보다, 보여줬던 행동 그대로가 딸에 대한 마음 크기였음을 애써 깨달아야 했다. 애초에 애착과 애정이 그다지 없었다. 아빠는 내면의 힘이 약해 사과 후 반응까지도 철벽 방어를 해야 하는 사람이었다. 자녀를 사랑하기에 앞서 언제나 자신의 삶을 지탱하느라 힘겨웠다.

그럼에도 자녀의 말을 들어보려 발걸음했다는 것 자체에서 꺼지기 직전의 작은 불꽃 정도의 애정을 확인하기도 했다. 엄마에겐 애정이 컸던 만큼 미워하는 마음을 그대로 두었던 것과 달리, 나 혼자 아빠를 내 마음속에 들어 앉혀놓고 미워하느라 애쓴 에너지가 생각보다 무척 아까웠다. 세상에는 이러한 생부가 있을 수도 있다. 그냥 있는 그대로 받아들이기로 했다.

어떻게 보면
가장 고마운 인생 빌런

히어로물부터 현대물까지 극적인 시나리오에서 빌런의 등장은 필수다. 현실에서도 마찬가지다. 어느 집단이든 돌아이가 존재한다는 말이 있는데, 내가 속한 집단에는 돌아이가 없는 것 같다면 내가 바로 그 돌아이일 수 있다고. 다양하고 무수한 집단을 거치면서 우리도 누군가에게 한 번 이상 또는 그보다 자주 돌아이로 보였을 가능성이 높다. 인간은 모두 자신이 상식적이고 일반적이라고 생각하기에.

원가족을 지나 내가 선택한 결혼 인생에서는 빌런을 만나지 않을 거라 생각했다. 평소 바람대로 따스한 남편을 만나 결혼했는데 그 안에서도 총량의 법칙이 적용될 줄은 까맣게 몰랐거든. 그 빌런은 바로, 아빠의 여자 버전인 시어머니였다. 시어머니는 종종 "남이 날 건들지만 않으면 난 안 건드려."라고 말씀하셨는데, 사실은 그런 말씀을 하는 본인이 먼저 남을 건드리셨다. 이런 성향은 인간을 이롭게 하는 개혁의 힘을 갖기도, 반대로 나간다면 파괴적일 수 있다. 남편의 표현으로 대박 아니면 쪽박.

남편을 알고 결혼하기까지 1년 1개월이 전부였는데 시부모님은 그야말로 모르던 어른이지 않나? 그런데 그분들은 한국 문화의 지극히 당연한(?) 방식으로 며느리를 대하셨다. 시가에만 가면 나의 동의도 없이 내 삶의 배경이 한국민속촌으로 바뀌었고 남편은 옥동자, 나는 향단이가 되는 느낌이었다. 그런 기류가 깔린 분위기 속에, 시어머니가 내게 "살갑게 부르면서 애교 부리는 건 못 하나 봐?"라는 말씀은 "내 밑으로 다 깔아!"라는 뜻 외에 의미하는 바가 없었다. 그것도 '남동생이 있는 돌아이 K-장녀'에게 말이다.

우리 부모님과 시부모님께는 공통점이 있다. 두 집안 모두 장남과 맏며느리 부부다. 그 아래에 외동 아들인 남편과 장녀인 내가 있다. 나로서는 최고로 숨막히는 조합이 아닐 수 없다. 결혼 전, 남편의 시어머니에 설명해줬던 말을 믿지 않았다. 시아버지에게서 사리가 나올 수도 있다는 우스갯소리에 깔깔 웃었다. 시어머니의 욕망하는 인간 심리의 원형이 순백하게 드러날 때면 귀여우시기까지 했다. 내가 뚜껑이 열리기 전까지만.

그렇다 한들 괜찮았다. 나는 아빠 같은 사람도 수십 년간 대면해온 사람이기 때문에 두려울 게 없었다. 새로운 집단에서 기를 잡으려거나 세 보이려고 하는 사람들을 보면 아빠의 사고 패턴과 비교해보는 재미도 있었다. 그런 삶은 그런대로 두고 내 삶이나 잘 살자고 생각했다. 그럴수록 새로운 집단에 안온한 기운을 주는 사람이 되고 싶었다.

그러나 예상치 못하게 선을 훅 넘어오는(혹은 넘어도 된다고 여기는) 시어머니의 언행에 처음엔 어안이 벙벙했다. 내가 나고 자라는 데 전혀 관여하지 않았지만 결혼을 기점으로, 내 주변 보통의 인간보다 훨씬 나를 관여하려는 이 무례함과 애매함 앞에, 어쩌지도 못하고 가마니가 된 내 모습에 환멸을 느꼈다.

결혼 3년 차쯤이었다. 이대로 가마니가 됐다간 크게 곪아 터지겠다 싶었다. 여러 가지 사건(1장 '명절에 스타벅스에 간 정신 나간 며느리' 참고)이 있었고, 좋은 분위기 속에서 그동안 나의 서운한 감정을 솔직하게 말씀드렸다. 민감성이 매우 높은 시어머니는 나의 말을 경청해주셨다. 시어머니는 당신의 시어머니께서 남편 앞에만 고기반찬을 두었던 과거의 일화를 꺼내며 눈물을 글썽이셨다. 대화 이후, 시어머니는 지나친 간섭과 무례함을 대폭 거두려고 노력하는 모습을 보여주셨다. 고기반찬도 내 앞에 일부러 가져다주셨다. 그것은 서러웠던 과거의 자신에게 건네는 손길이기도 했을 것이다. 중요한 건 시어머니의 수용적인 모습이 생각보다 반전이기도 했고 나의 말이 통했다는 점이다.

그럼에도 사람은 바뀌기 쉽지 않다고, 가끔 아무말 대잔치를 하시는 때가 있다. 시아버지 형제 가족들과 둘러앉은 저녁상 앞에서 시어머니가 말씀하셨다.

"우리 며느리는 설거지를 안 배워왔잖아. 게다가 남편이 외아들이라 시누이 없으니까 행복하지. 시누이 있으면 피곤해."

며느리와 당신의 시누이 둘 중 누구를 조준한 건지 모를 그

말 때문에 분위기는 싸늘해졌다(그 자리에 시어머니의 시누이는 안 계셨다). 남편의 사촌 동생들은 눈이 동그래져서 내가 괜찮은지 바라보았다. 나는 설거지 바보가 되지 않기 위해 순간 이렇게 말했다.

"그런데 저희 시어머니가 시누이 10명 몫을 하세요. 하하하."

동생들의 눈동자는 더욱 동그래졌다. K-장녀에게 설거지쯤은 껌이지만 중요한 건, 내가 이 집을 위하여 설거지를 배우지 않았고, 현재도 이 집에서 설거지는 내가 제일 많이 하고 있다는 사실이다. 나는 모유수유하고 힘든 몸으로 일어나 상차림까지 도왔는데 그제야 목욕 후 뿌연 수증기와 함께 나타난 옥동자 남편에게 이제부터는 당신이 설거지하라고 말했다. 시어머니는 아들이 설거지하는 걸 막기 위하여 그 이후 나에게도 설거지를 아예 안 시키셨다. 시어머니의 결핍에 의한 모습을 애틋하게 생각하기로 했던 마음과 기쁜 마음으로 할 수 있는 나의 역할은 해가 갈수록 사라지고 있었다.

해결 방안을 강구하기도 전에 소식을 들었다. 시어머니는 연세 많으신 당신의 시누이와의 결투 스트레스로 앓아누우셨다고 했다. 나의 설거지 실력 따위는 일개 싸움 소재로 쓰이고 내팽개친 것일 뿐이었다. 나는 설거지를 못 배운 게 아니라, 유교문화의 경직성과 어른의 무례함 앞에 내 감정을 그때그때 표현하는 법을 못 배웠다.

한번은 내가 여행 중 양가 어머니를 위해 준비한 목걸이 선물에 대해 시어머니는 "친정 엄마한테는 분명 더 좋은 선물을 했을 거야."라며 의심을 부추기는 메시지를 남편에게 보내셨다. 남편은 사안이 심각하다며 그 내용을 아예 내게 공개했다. 어머니가 나이가 드시면서 의심과 왜곡이 심해져서 무척 속상하다고 했다. 시어머니는 "예민하게 듣지 마. 그냥 하는 말이다." 또는 "어디 가서 시어머니 때문에 부부 싸움한다는 소리도 하지 말아라."라고 하셨다. 모든 상황을 정확하게 알고 계셔서 더 놀랐다.

남편과는 싸울 일이 거의 없었는데, 시어머니로 인해 남편까지 미워지면서 강도가 업그레이드된 싸움이 시작됐다. 우리 집에서 남편이 설거지하다가 그릇이라도 깨는 날이면(남편은 그릇을 자주 깨는 편이다) 나는 싱크대 옆에 비스듬히 서서, "설거지를 못 배워오셨나 봐?"라고 비아냥거렸다. 그런데 문득 이건 문제 유발자의 의도대로 움직이는 것이라는 생각이 들어서 농담 같은 '그냥 하는 소리'도 곧 그만두었다. 보고 배운 설움대로 발산하는 게 인간이구나.

남편은 내가 진심으로 시가에 안 가기를 바랐다. 시가 방문 전날이면 내게 말했다. "컨디션 안 좋아 보이네? 내가 보기에 당신 못 갈 것 같아."라고 말했다. 나를 보니 자기 딸들을 시집보내지 않고 자신이 끼고 살 거란다. 반달곰의 표정으로 옆에서 이렇게 말하는 이 작자는 사실 여우인가? 만약 남편이 남의 편이었으면 우리의 미래는 일찌감치 장담할 수 없었을 것이다.

"저기 지나가는 며느리는 한 달에 얼마 버는 며느린데, 자기 시댁에 이렇게 저렇게 잘 한다더라."

시어머니의 시가 장례식장 식탁에서 내게 하신 말이었다. 내가 버는 돈은 우리집의 경제와 육아 계획에 따라 움직인다. 시가에 잘하고 말고는 별개의 문제인데 말이다.

시어머니는 평생을 거의 주부로 지내셨지만 살림과 돌봄에 할애했던 시간을 스스로도 가치 있었다고 여기지 못하셨다. 이는 '돈'이라는 결과가 따르는 것만이 가치 있는 것이라는 능력주의 사회가 낳은 부작용이다. 시어머니는 그곳에서 과거의 설움이 떠오르셨을 것이다. 시아버지의 부모님께 물려받은 재산으로부터 얽힌 일들 말이다. 비교적 젊은 나이에 돌아가신 고인의 마음고생에 시어머니 자신이 일조한 건 아닐까 하는 일말의 죄책감과 짜증스러운 일화. 같은 고부 구도이지만 상하관계가 뒤바뀐 채로 마주한 자신의 며느리에게 뒤엉킨 감정들을 떠넘겼다. 내리 앙갚음을 하는 구도다. 그 자리에서 내가 기분 나빠할수록 사안의 중심이 내게로 옮겨져, 시어머니는 복합적인 감정으로부터 달아날 수 있다. 우리 부부는 다른 볼일이 있다는 듯 식탁에서 스윽 일어났다. 시아버지는 시어머니께 혀를 차며 말씀하셨다.

"식탁마다 가서 저 며느리는 얼마 버는지를 왜 물어보노!"

그러자 시어머니는 이렇게 말씀하셨다.

"자식들 앞에서 나한테 이러지 말라고 했지. 교육상 안 좋다고. 당신 때문에 애들이 일어나잖아!"

내가 감정을 받지 않는 듯 하자, 감정 쓰레기는 시아버지께 넘어갔다.

부정적 자기애를 가진 사람은 스스로 돌아보는 노력을 할 수 없다. 자기애는 자존감과 일치되고 흡사 목숨과도 같다. 그래서 밤고양이처럼 치열하게 싸운다. 나의 아빠가 자녀에게 폭력을 행사하고 그 반응(사랑으로 주목받는 시스템을 모른다)으로 얻는 자기존재감과 같은 맥락이다. 시어머니는 당신의 시가에서 눈치를 대단히 보셨다. 아이들 복장부터 기독교인 내가 절을 안 하는 것까지 그 어떤 것도 체면이 서네 안 서네 내 귀에 대고 전전긍긍하셨다. 옆에 있는 사람도 같이 돌아버리자는 것이다.

때로는 시어머니는 분통을 터트리기도 하셨다. 내가 하고 싶은 말을 못 하는 게 맞느냐고. 맞다. 필터링 거치지 않고 자녀 부부에게 하고 싶은 말을 아무렇게나 하면 안 된다. 바른 말과 배려 있는 말은 다르다. 부모와 자녀 사이든 어른 대 어른이든 시어머니 대 시어머니의 친구들이든 마찬가지다. 원래 그래야 하는 것이다.

『다정한 것이 살아남는다』라는 책에서 사회심리 연구에서 승리를 이룬 소규모 집단에 대해 설명했다. 이들은 공통의 번영이라는 목표 앞에서 인종차별적이었던 태도를 버리고 일부러라도 우호적인 관계를 유지하는 것이 자신에게 이익을 준다는 사실을 알게 됐다고 말한다. 지능이 높은 국가일수록 다정함으로 문화적 번영을 누린다는 것이다.

본능에 충실한 어머니들의 공통점은 아들을 자원이라 여긴다는 점이다. 자원을 빼앗아 간 며느리를 견제함으로써 아들 부부 사이를 간접적으로 훼방을 놓기도 한다(그것은 친정어머니가 딸을 남편이라 여기고 지나치게 의존하는 관계에서도 드러난다). 내재된 양가적 심리 때문에 손주와 함께 오손도손 행복한 가정으로 살고자 하는 마음과 동시에 며느리가 싫어할 법한 말을 자꾸 내뱉게 되는 것이다.

이 모든 심리가 당연하리만큼 보편적인 어머니들의 속성을 깨달은 일이 있었다. 둘째 출산 후 몇 주간 함께 했던 산후조리사 선생님과 나는 인생 이야기를 나누며 매우 가까워졌다. 그러다 보니 선생님은 직업적 본분을 잊고 말씀하셨다.

"냉장고에 있는 밥은 나랑 같이 나눠 먹고, 남편분 퇴근하면 새 밥 주면 되겠네요."

산후조리사의 업무에서 가장 중요한 일은 산모의 회복을 돕는 일이다. 뼈에 바람 든다며 수면 양말을 신기고, 찬물도 못 마시게 하면서 철저한 분위기로 산후조리를 돕는다. 선생님은 순간 아차 싶으셨는지 자신의 딸 이야기를 이어가셨다.

"아휴, 아니다. 우리 딸한테도 똑같이 이야기했더니 난리가 났어요. 자기 밥과 사위 밥은 그렇게 나누질 않는다나."

차라리 제3의 어머니께 이런 말을 들으니 이상하리만큼 마음이 놓였다. 어머니의 속성을 확인하니, 오히려 친정 엄마와 시어머니에 대한 서운함이 조금은 사그라든 듯했다. 미안해하시는 선생님의 모습에 오히려 내가 미안해서 아휴 괜찮다고 했다 (위의 말씀과는 별개로 선생님은 분명 좋은 분이었다).

첫째의 태몽을 꿨을 때도 친정엄마의 속성을 또 한 번 확인했다. 첫째를 임신하고 매우 좋은 태몽을 꿔서 엄마에게 말했더니 대뜸 "그 꿈 남동생네 꿈 아니니?"라며 부정했다. 당시에는 나의 남동생 부부도 둘째를 임신 중이었다. 엄마의 태도에 서운함을 표현했더니 의도가 그게 아니라며 변명을 늘어놓았다. 서운했냐는 쉬운 그 한마디를 할 줄 몰라서 백 마디 붙이는 엄마가 대단했다. 무의식은 평소의 사고 회로에 따라 자동 반응하게 된다. 시어머니는 그래도 외아들의 자녀에 대한 태몽이라고, 나쁘지 않은 질투로 말을 마치셨다.

"네 태몽 이야기 들었을 때, 그 말 듣고 사실 부러웠다."

이게 현실이다. 어머니상을 그렇게 이상화할 것도 없다는 이야기다. 정신분석학자 박우란 박사는 『딸은 엄마의 감정을 먹고 자란다』에서 이렇게 설명했다. 가부장적 구조에서 여성은 성별이 다른 아들은 자신이 만들어낸 사회적 결과로써 대하고, 딸은 자신과 동일시하는 방식으로 남성의 빈 공간을 메우려는 속성이 있다고 했다. 역할을 떠안은 딸은 엄마가 어린 시절부터 가지고 있던 결핍에 일생이 갇히고, 그렇게 엄마가 사랑을 핑계로 휘두르는 권력은 딸에게 탈락과 소외의 불안을 심어준다고 했다. 경험을 바탕으로 여성의 심리적 한계를 확인하니 오히려 마음이 놓였다.

"인간은 원래 미성숙한 존재니까. 마음 돌봄보다 생존이 더 중요한 시대를 살았으니까. 우리 엄마만 그런 게 아니라고 하니까. 자녀를 가진 '나'조차 배제할 수 없는 인간의 속성이니까!"

또한 박우란 박사는 '모성'을 본능이라고만 보지 않았다. 그것은 학식이나 배움을 떠나 끊임없이 자신을 성찰한 여성만이 가질 수 있는, 스스로 사색할 수 있는 성숙함과 결연함이라고 말했다.

위 이야기들의 원형도 한 개인의 가족 이야기로만 들리는가? 시어머니는 종종 아들에게 사람이 좀 깨어 있으라고 하신다. 이 정도 멘트라면 모든 사람은 각자의 세계관 아니, 우주관이 있는 건 분명하고 서로를 존중해야 한다. 그러니 한 인격이 다른 인격의 삶을 자신의 기준대로 좌지우지할 수 없다.

어떻게 보면 시어머니는 내 인생에 고마운 빌런이기도 하다. 더 이상 타인이 바라는 '역할'만 하며 살 수 없는 이유, 외부의 압력에 쉽게 흔들리는 마음과 탄탄하지 못했던 나의 자존감을 알아차리게 해준 고마운 분이다. 내게는 당연한 세상이었던 원가족과의 관계라는 트랙에서 시어머니가 트리거가 되어주신 건 사실이다. 진짜 자아가 있는 곳을 향해 달리라고 말이다. 내 인생에 올 것이 온 것, 그뿐이다.

잘못된 칭찬으로
천냥 빚을 진다

"우리 손녀는 밥을 싹싹 긁어서 참 잘 먹어."

당시 2살이었던 첫째는 할머니의 칭찬에 짜증을 내며 숟가락을 내던졌다. 어른들은 이유를 모른 채 아이의 태도에 집중했다. 본능에 충실한 2살짜리 아이는 스스로 잘 먹고 있던 음식을 향한 자발성이 타인의 의도로 탈바꿈됨을 알아차렸다. 이듬해 사회성이 더 생긴 아이는 할머니의 수고와 관계를 생각하여 반응 방식을 바꾸어갔다. 지속적인 압력에 언젠가 뚜껑이 열리듯 아이의 모든 저지레에는 분명한 원인이 있다.

1965년 미국에서 출간된 부모 교육서의 고전, 『부모와 아이 사이』는 '잘못된 칭찬'을 받을수록 아이의 버릇이 더 나빠지는 이유는 아이가 자기 모습을 있는 그대로 보여주려 하기 때문이라고 설명한다. 주위 사람들이 자기를 바라보는 눈길에 대한 불안감을 표현하는 아이 나름의 방법이다. "넌 참 착한 애야."라는 말을 들으면 아이는 '나 그렇게 착한 사람 아니에요. 당신에게 한번 보여줄까요?'라는 식이다. 영리하다, 천재다, 똑똑하다 등 상대방이 '판결'을 내리는 칭찬을 받았던 초등학생 아이가 중고 등학생이 되면 더 큰 도전과 감당해야 할 배움 앞에서 꽁무니를 빼려는 태도는 자기가 누리고 있는 높은 '평가'를 잃고 싶어 하지 않기 때문이라고 했다. 그러나 노력이나 과정에 대해 칭찬받는 아이들은 어려운 과제에 더욱 끈질기게 매달리는 태도를 보인다고 했다. 넌 참 훌륭한 아이다, 의젓하다, 네가 없으면 엄마가 어떻게 살겠니, 어른스럽게 배려할 줄을 알아 등의 말은 걱정을 안겨주는 말이다. 옆에 있는 또 다른 형제가 들으라고 하는 칭찬 역시 애써 하던 일마저 의욕을 저하시킬 뿐이다.

모습 자체로 '예쁘다'는 통상적인 말은 괜찮지만, 자아가 확립되기 전의 아이들에게 외모가 예쁘다는 말을 지속적으로 들려주는 것은 아이의 여러 모습 중 외모만 가치 있다는 생각을 심어줄 수 있다. 비슷하게 "너는 음식은 참 잘해."라며 그 외의 부분은 인정하지 않는다는 듯한 교묘한 칭찬은 안 하느니만 못하고 오히려 화를 불러일으킬 수 있다. 이렇듯 충고, 조언, 평가, 판단하는 칭찬은 거부감을 일으킨다.

이전에 나는 칭찬이라면 다 좋은 줄 알고 인정받고자 했고 또 다른 사람에게도 칭찬하려고 노력하기도 했다. "얘는 참 속이 깊어. 어른의 마음을 잘 헤아려."라는 칭찬은 나를 힘겹게 만들었지만, 맏딸로서, 누나로서, 언니로서, 살림 밑천으로서 역할을 해냈을 때 존재가치를 인정받는 달콤함의 굴레에서 벗어나지 못했다. 특별한 뭔가를 해냈을 때 사랑받을 만한 존재가 될 수 있는 것으로 귀결됐다.

『엄마와 아이 사이 아들러식 대화법』의 저자 하라다 아야코는 아예 '칭찬'을 하기보다 '용기를 북돋우기'를 추천했다. 아무리 부모와 자녀 사이라도 칭찬을 하는 것은 수평이 아닌 수직 구도로 바라보는 것이라고 말했다. 수직 구도 속에서 부모는 내가 너를 칭찬하고 평가하는 위치에 있다는 식의 태도를 통해 자신의 낮은 자존감을 끌어올리려는 심리를 내포하기도 한다. 오해하지 말아야 할 점이 있다. 아이가 부모에게 인정받기를 원하는 경우, 충분한 인정과 칭찬이 필요하다. 다만, 그것마저 타인의 의도와 욕망에 따른 칭찬이라면 아예 하지 않는 편이 여러모로 상책이다.

어느 날 첫째 아이가 놀이방을 정리하기 싫다며 짜증을 냈을 때, 나는 '용기 북돋우기'를 해보기로 했다. 아이에게 혼자 정리할 수 있을 만한 영역을 선택해보라고 했다. 인형, 레고, 블록 중 아이는 손쉬운 인형을 선택했다. 내가 하던 일을 마무리하는 동안 아이가 인형을 치우기로 하고, 나머지는 엄마랑 같이 하자고 말했다. 조금 후, 아이는 인형을 다 치웠다고 자랑스럽게 말했다. 이전에는 결과를 보고 칭찬했다면, 이제는 평가보다는 과정, 기쁜 감정, 고마움 등 있는 그대로를 묘사하는 방식을 염두하고 이렇게 말해주었다.

"와, 아까보다 바닥이 더 깨끗해졌네! 나머지 흩뿌려진 레고는 엄마랑 같이 치우자."

훈육의 길고 긴 여정 중 어느 날이었다. 혼자서 버거워 보이는 놀이방을 아이 스스로 정리해놓아서 깜짝 놀랐다. 그것도 기존의 능력치보다 더 어려운 카테고리별로 세세하게 분리해서 말이다. 물론 그 뒤로 지속적으로 이어지진 않았지만 역량이 성장했음을 확인했다. 사랑과 신뢰는 마르지 않는 샘물 같은 에너지를 만들어낸다.

이런 방식의 말하기는 수학 숙제로 힘들어할 때도 응용해볼 수 있었다. 아이가 하루에 문제를 10개씩 풀 수 있는 역량이 있다고 가정했을 때, 8개만 풀고 그만둔 아이에게 어떤 말을 할지 고민해보았다.

- "2개만 더 하면 끝인데, 그걸 못 참아?"
  무의식에 내재된 언어를 그대로 입 밖으로 배출할 경우, 아이에게 '인내심이 부족한 아이'라는 정체성이 형성될 수 있다.

- "저번에는 문제 5개를 어렵게 해냈는데, 오늘은 8개나 풀었구나!"
  긍정적 필터링을 거쳐 말한다면 아이의 행동과 현재 상황을 묘사하고 감탄하는 방법을 쓸 수 있다.

작은 성취들이 누적되어 '자기효능감'이 쌓이고, 스스로 발견한 '내적 동기'가 발현하는 순간, 내가 가진 역량보다 조금 더 힘을 내볼까 하는 생각이 들 때가 온다. 아이에게 숙제했냐고 추궁하듯 묻기보다, 아이가 요청할 때 돕는 것이 좋은 방법이라는 생각이 들었다.

첫째가 초등학교 1학년인 만큼 역할과 방향성을 간략하게 전하면서, 도울 게 있는지 살펴보기로 했다. '기분 좋은 분위기 속 부모와의 관계'를 기본 바탕으로 아이가 원하고 필요로 하는 것을 발견했을 때, 그것을 향해 정진할 힘이 생긴다고 전문가들은 말한다. 부모가 아이의 인생 걱정 지분을 차지할수록, 아이는 총량의 법칙에 따라 점점 천하태평의 지분을 늘이는 경향이 있다. 부모는 아이의 속도 모르고 더욱 성화를 내게 되는 악순환의 고리에 빠지게 된다. 어떤 부모들은 같은 또래의 다른 아이가 20개 풀 수 있는 능력치를 비교하는 실수를 저지르기도 한다. 그러면 8~10개 풀 수 있었던 것마저도 점점 0개로 수렴하고 만다. 지속된 비교와 비난은 아이를 무기력하게 만든다.

몸소 무기력과 번아웃을 경험한 나는 "이래서 커서 무슨 일을 하겠니! 머리가 있으면 생각 좀 하고 살아라!"라며 아빠 자신의 자아상을 표상한 언어가 내게 투영되어 내 자녀에게 대물림되지 않도록 해야 했다. 나도 모르게 튀어나오려는 말을 도로 삼켜내야 했다. 아야코는 인생의 전환점이 될 만한 언어의 힘보다 중요한 건, 일상의 대수롭지 않은 한마디가 미치는 힘을 잊지 말아야 한다고 강소했다.

　고등학교 시절 나는 스스로 '수포자'인 동시에 예술인의 뇌를 갖고도 그 길을 지지받고 지원받지 못한 애매한 학생이었다. 그런데 고2가 되어 나도 믿기지 않은 중간, 기말고사 점수를 두어 번 맞기도 했다. 선생님은 나의 망쳐버린 쪽지 시험 결과에 비난보다 따뜻한 말씀으로 응원해주셨다.
　그리고 선생님과 기말고사 성적을 약속했고 실제로 내게 이변이 일어났다. 우리 반에 단 2명, 전교 3등과 수포자인 나에게 말이다. 그것은 어떠한 기운이었다. 웃긴 건 내 수학 점수를 알게 된 친구들이, 내가 원래 수학을 잘하는 줄 알까 봐 스스로 걱정이었다는 것이다. 내신보다 모의고사 점수가 진짜 실력인 것 같은데 말이다. 모든 것이 거품 같았다. 지금 생각하면 원래가 어딨나. 그때만큼은 잘한 것이고, 온전히 기쁨을 누렸어도 됐는데.
　그 뒤로는 점수가 계속 떨어져 속상했던 기억이 난다. '나는 할 수 있는 사람이야.'가 아닌 '계속 이렇게 할 수 있나 보자.'라며 스스로를 수포자의 정체성으로 다시 끌어내렸다. 친숙한 불안과 걱정을 내 속에 끌어안아 안심하려는 무의식적인 사고가 나를 가둔 것이다.
　또 하나의 예로, 아이의 피아노 연습에 관한 이야기다. 연습을 안 하고 학원에 갔을 때 느껴지는 불편함은 아이 스스로 경험해야 한다. "우리 아이는 말해주지 않으면 계속해서 안 할 거예요."라고 한다면, 자녀가 자신의 선택과 의지에 따라 시작한 것인지 아이의 동기를 살펴볼 필요가 있다. 내적 동기로 시작한 것이라면, 적당한 개월 수를 미리 약속하고 도중에 아이의 생각이 바뀌더라도 '끈기 있게' 마쳤다는 기분 좋은 경험으로 마무리시킬 수 있다. 또한 이 과정은 아이가 정말로 피아노에 관심이 있는지 없는지를 확인할 수 있는 기회가 될 수 있다.

부모 세대는 '잘못된 칭찬'에 대한 자녀 세대의 반항적인 피드백을 상대의 '예민성' 탓으로 돌리기도 한다. 이로 인해 소통이 안 되면 부모는 영문을 몰라 답답하기만 하다. 극단적인 예로, 비교 경쟁, 단점 지적으로 능력치를 끌어올리는 평가 시스템에 익숙한 K-POP 등 각종 노래 경연 프로그램을 들 수 있다. 과거에는 '너 잘 되라는 소리'였던 선배 가수들의 독설이 일반적이었지만, 대중의 싸늘한 반응 속에서 이러한 방식은 자연스럽게 사라졌다. 요즘의 경연 프로그램에서 선배 가수들이 출연자에게 어떤 언어 방식으로 피드백을 전달하는지 살펴보면 갈 길이 보인다. 뼈를 때리는 조언이 필요한 경우도 있다. 그것도 8할이 아닌 2할이어야 듣는 입장에서도 귀하게 받아들인다. 대체로 긍정적인 언어와 좋은 칭찬을 통해 출연자의 재능을 충분히 평가할 수 있다.

나 역시 좋은 칭찬에 대해 알면 알수록 평소에 아이들을 대할 때나 매번 카르마를 거슬러야 하는 '노력하는 자의 저주'에 걸리고 말았다. 그러나 중요한 것은 이마저도 이상적인 법칙을 향하여 애쓰기보다 실수하거나 발전하면서 '너로 인해 고마웠던 점, 소소하게 발전되어 놀라웠던 점' 등 하루하루 흙 한 줌의 추억을 쌓아가야 한다는 것이다. 역사적으로 보면 늘 한 세기 전보다 지금이 낫다고 생각한다. 후손을 위해 우리 세대에서 감당해야 할 여러 가지 소명 중 하나는 언어 순화가 아닐까 하는 생각이 든다. 눈을 감고 호흡해본다. 무의식 저 깊은 곳에 남아 있는 감정 언어들과 노폐물이 날숨과 함께 빠져나가는 명상을 하기도 한다.

"아이를 키우기에 앞서 나의 내면을 키우고, 아이가 크는
걸 지켜볼 수 있는 힘을 주세요."

여유로울 때
공허함이 밀려와요

나　　여유롭게 쉴 때 알 수 없는 공허함과 외로움이 올라와요.

선생님　그런 감정을 느낄 만한 계기가 있었나요?

나　　바깥에서 볼일을 마치고 집으로 들어가는 길이었어요. 집 근처에는 원숙하고 멋들어진 나무들이 많아요. 도로 양쪽 인도에 줄지어 선 가로수 줄기와 수관이 서로 맞닿아 돔을 이룰 만큼 아름답죠. 햇볕의 조도에 따라 매일 다른 연둣빛 그러데이션을 감상할 수 있어 참 행복한 느낌을 받아요. 바람이 살랑 불어서 나뭇잎들이 날리기라도 하면 영화의 한 장면 같고요. 문득 걸음을 멈추고 여유롭게 나뭇잎을 찬찬히 뜯어보고 있던 찰나였어요. 저는 분명히 행복했는데, 갑자기 마음이 울렁이면서 깊은 공허함과 외로움이 올라와 눈물이 났어요.

선생님　그랬군요. 자연을 느끼는 풍부한 감성이 참으로 값지네요. 평소에도 공허하고 외로운 감정을 자주 느끼셨나요?

나　　그런 감성과 관찰력은 저만의 예술 문화를 누리는 데 필요한 감각이고 그런 제가 좋아요. 외로움은 누구에게나 오고 가는 자잘한 감정이라 대수롭지 않게 여겼어요. 그런데 출산 후부터 시작된 산과 같은 '인간의 근원적인 고독'이 요즘 들어 더 크게 느껴져요. 인생은 호르몬의 장난이란 재밌는 말도 있잖아요?

최근에는 단전부터 올라오는 압도적인 '공허함'에 무척 당혹스러웠어요. 저는 원래 외향성이 다분했던 사람이에요. 사람들 만나기도 좋아했고, 개인적인 취미 활동도 꾸리며 살아왔어요. '심심함'과 '지루함'이라는 단어가 무엇인가 싶게 지냈죠. 직업 특성상 인사동 같은 '핫 플레이스'를 방문해 디자인 편집숍이나 플리마켓 등을 둘러보며 새로운 아이템들을 접하기를 좋아했고요. 그러면서도 쉼이 되어야 하는 취미 활동마저도 생산적인 형태여야 한다고 생각했어요.

현재는 토끼 같은 딸들과 다정한 남편이 있고, 원하던 가정을 이루었는데 이 시점에 이런 감정이 드는 스스로가 이해가 안 돼요. 일이 바쁠 때는 모르고 있다가 한 템포 쉬니 이런 사달이 일어나네요. '나 같은 사람도 공허함을 느끼는구나…' 하고 스스로에게 놀라면서요.

선생님　그런 마음을 남편이나 다른 사람들과 나누기도 하나요?

나　　　네. 친구들에게 가끔 이야기하기 시작했어요. 특히나 육아를 하는 주변 엄마들하고는 많은 말을 나누지 않아도 찰떡같이 이해하는 감정을 공유하기도 해요. 남편에게 이야기하면 성심껏 들어줘서 그때만큼은 마음이 풀리고 고맙게 생각해요. 삶에 방해가 될까 봐 자주 이야기는 못해요. 근본적으로는 제가 해결해야 할 문제라고 생각하니까요.

선생님　주변 사람들이나 남편에게 감정을 솔직하게 털어놓는 건 좋은 일이에요. 여유를 누릴 때 겪었던 부모님과의 어떤 경험들이 있을까요?

나　음, 몇 가지 떠오르는 일들이 있어요. 어릴 때 엄마와 함께 길을 걷다가 관찰하고 싶은 무언가를 마주하여 걸음을 멈추면 엄마는 항상 얼른 가자고 재촉하셨어요. 6살쯤이었을 거예요. 어린이집에 갈 준비를 할 때 엄마는 빨리 준비하라고 저를 달달 볶다가 결국 버스가 가버리면 버스를 못 탄 모든 탓을 저에게 혹독하게 돌렸던 기억도 나고요. 아빠가 만든 공포스러운 집안 분위기에 위축된 마음으로 어린이집과 학교에서 하루를 보내기도 했어요.

저와 남동생은 커서도 아빠가 명령하면 즉시 그 일을 해야만 했고 언제나 긴장감 속에 살았어요. "네 인생은 네가 책임져라." 하는 아빠의 호통과는 달리, 모든 것을 통제하는 폭력적인 훈육 방식 속에서 제가 스스로 할 수 있는 일은 별로 없었어요. 부여받은 모든 책임은 외적 압력에 의한 의무뿐이었죠. 수준과 역량을 벗어난 명령을 가까스로 완료한 후에도 인정과 칭찬을 받아본 경험이 별로 없어요. 더 잘했어야 하는 거죠. 성인이 되어서도 부모님이 시키는 일들이 만사 귀찮고 힘겹게만 느꼈던 증상은 '무기력증'이란 생각이 들었어요. 겉으로는 잘 드러나지 않는 증증이거나요.

엄마와 함께 찜질방에 가도 처음부터 끝까지 마음 편하게 있어본 적이 별로 없어요. 몸은 찜질방에 있으면서도 언제나 해야 하는 일들에 대한 걱정과 후회를 습관적으로 말씀하셨죠. 세상의 모든 후횟거리를 모조리 수집해 제게 똑똑히 전달하는 그 말들은 제게 "네가 대신 내 몫까지 완벽하게 해내라."라는 메시지로 다가왔죠. 찜질방과 집 어디에도 속하지 못한 저는 친구들과 찜질방을 가서도 무의식적으로 죄책감이 들었어요. '내가 이렇게 행복하게 있어도 되나? 그 대가로 불행이 기다리고 있을지도 몰라.'라는 마음이요. 즐거움보다 고통이 내 편인 듯이 말이에요. 아빠는 엄마에게 집에 빨리 오라고 기다리고 재촉했고요. 엄마는 주어진 모든 상황을 합리화하기 위해 시간적 여유를 부리는 것을 죄악시했어요.

선생님　힘겨웠을 마음이 안타깝네요. 여유를 느낄 때 공허함 외에 드는 기분이 또 있나요?

나　　　여유로움을 느끼는 저 자신을 발견할 때 죄책감이 들어요. 분명 저는 주 양육자로서 아이들을 양육하는 엄마이면서 재택근무로 일을 병행하고 있죠. 그 외에도 벌여 놓은 일들도 기준치를 높게 설정해놓고 도달하지 못하면 자책하고 방전되기를 반복하게 돼요.

선생님　어떤 일을 하더라도 마음의 여유를 갖고 사는 사람이 세상에서 제일 좋은 팔자예요. (웃으며)

나　　　(따라 웃으며) 정말 그렇네요.

선생님　여유 있는 마음은 훌륭한 마음이에요.

나　　　맞아요. 저는 원래 한 가지 일을 할 때 여유를 갖고 오랜 시간 골똘히 생각하는 경향이 있어요. 다양한 경험들 속에 가치와 지혜들을 여기저기서 가져와 융합하고 창작하는 데서 흥미를 느꼈었어요.

결혼하고 저만의 독립된 가정을 이루고 잘살고 있는데도, 워낙 깔끔하신 친정 엄마가 집에 오시면 성인인 딸의 부엌살림에 강박적으로 간섭하면서 자신의 불안을 통제하려 했어요. 외할머니께서도 방을 닦고 나서 반짝반짝해진 바닥에 몸에 비추곤 하셨다고 하는데, 그게 엄마한테까지 이어진 거죠. 둘째가 아직 6개월밖에 안 되어 체력이 남아나질 않던 상황에도 말이에요. 비난이 아닌 다정한 말로 함께 도와주셨거나 돕지 못할 바에 아예 간섭하지 않으셨다면, 도와주려는 마음 그 자체로도 뜨겁게 감사했을 텐데…. 부모님은 저란 사람을 아직도 잘 몰라요.

최근 들어서는 경제 상황을 간섭하면서 저의 수입이 얼마나 되는지 캐물었어요. 돈 버는 데 더욱 박차를 가하라면서 압박하셨죠. 시작의 두려움을 이겨내고 온 힘을 다해 일에 적응하고 있는 사람한테 전화해서 취조하는 소릴 듣고 있다 보니까 화가 치밀더라고요. 남의 가정의 경제 상황에 간섭할 시간에 본인들의 노후를 계획하는 게 나을 텐데 말이에요.

모녀에게 주어지는 평범하고 안락한 통화는 존재할 수 없고 걱정과 불안만 가득할 뿐이었어요. 엄마는 자신이 물건을 얼마나 싸게 샀고, 얼마를 절약했고, 얼마를 투자했는지에 대한 정보를 실어 나르셨죠. 제가 "엄마와 돈 이야기는 그만하고 싶어."라고 하면, 엄마는 "주부가 살림을 하는데 시세와 물가를 파악하는 일상적인 이야기도 못 하냐?"며 오히려 역정을 내셨어요. 모녀의 일상적인 이야기가 성취나 돈과 관련된 내용으로 점철되는 걸 저는 원하지 않있어요. 하지만 엄마는 이런 간섭을 거부하면 항상 "너는 정말 유별나고 예민하다."라고 비난했죠. 좋은 이야기도 계속하면 질리는 법이잖아요. 상대가 계속해서 싫다고 하면 안 해야 되는 건데…. 평생 도달할 수 없는 목푯값을 갱신하면서 돈의 노예로 바쁘게만 살다가 돌아가시면 억울하지 않겠느냐고도 말해본 적이 있어요.

저는 경제 상황으로 잔소리를 들을 만한 사람이 아니에요. 첫 직장 때부터 월급의 70~80%를 저축하고 투자하며 살아왔어요. 월급날이 특별히 기쁘지도 않았고 특별히 돈을 많이 쓰는 날이라고 생각지 않았어요. 20대 초중반까지는 경제적인 도움을 받기는 했지만, 이후부터 자신에 대한 투자나 여행은 스스로 벌어서 했고요. 나라에서 제공하는 교육도 틈틈이 챙겨 공부했어요. 또 소액이라도 제 상황에 맞춰 비영리 구호단체에 매달 납부도 하고 있고요. 제 주변에 이렇게까지 자신을 몰아치며 저축하는 사람을 저는 못 봤습니다. 여유를 느낄 수 있는 때에도 온전한 쉼을 누리지 못하고 곧바로 채찍질을 당하는 자가착취적인 노예 마인드가 장착되어버린 셈이죠. 내가 이런 뙤약볕에 따뜻할 자격이 있나 죄책감과 공허함이 몰려와요.

돈은 필요한 것이고 많이 벌수록 값진 일들을 할 수도 있어 좋다고 생각해요. 그런데 돈에 대한 압박과 인식이 지긋지긋해져서 남편한테 경제권을 넘겨버리고 용돈을 받은 지도 오래예요. 뭐든지 오케이 하는 남편 덕에 가계에 구멍 난 적도 많지만, 다시 경제권을 가져올 생각이 없습니다. 제가 다시 경제권을 가져오게 된다면 저축 액수가 훨씬 커질 거라는 점에는 부부가 이견이 없지만요. 어떻게 보면 엄마의 간섭을 대항하는 이상한 방식으로 아직도 엄마와 나의 가정을 분리하지 못하고 있는지도 모르겠네요.

생각해보니 공허함에 눈물이 났던 그날도 엄마와 통화를 했던 날이었어요. 엄마와 통화를 마치면 언제나 마음이 불편해지고 '세상에 부러워해야 할 일이 아직 많이 남았단다. 그렇게 여유 부리고 있을 시간이 없다.'라는 의도가 통화 내용에 교묘하게 담겨 있어요. 기껏 마음을 평안하게 만들어 놓아도 통화 한 번으로 세상에서 제일 불쌍한 사람이 된 것 같았죠. 그래서 될 수 있으면 통화하지 않으려고 해요. 전화에 엄마 이름이 뜨면 '파블로프의 개'처럼 바로 반응이 와서 저보다 제 심장박동이 먼저 달아워지지 않거든요.

저도 사람이라 어디론가 발산이 될 텐데, 아직 어린 제 아이에게도 무의식적으로 재촉하게 되는 것 같아요. 여유와 공허라는 주제로 할 이야기가 별로 없을 거라고 생각했는데, 상담을 나누면서 정말 많은 것들이 쏟아져 나오네요. 말씀드리면서 동시에 스스로에 대해 깨닫게 되는 사실들이 참 많네요.

선생님　혹독한 시절과 일들을 겪었군요. 그럼에도 그 안에서 잘 살아내고자 했던 애씀과 수고가 느껴져요.

나　　　등원할 때는 여유 부리지 못해도 하원할 때면 아이들과 길을 걸으며 보고 싶은 걸 보도록 오래 기다려주려고 해요. 4살이면 제 눈에는 아직도 아기 같은데 어린이집을 다니는 것만 해도 고맙게 생각하고요. 그래서 좀 늦더라도 재촉하지 않으려고 하는데 그게 잘 안 돼요. 첫째 아이는 민감성이 높아서 눈치를 볼 때가 종종 있어요. 그러면 저도 상냥하게 대하려고 노력하지만 그래도 제가 못마땅해하고 있음을 캐치하고 있을 녀석이에요.

선생님　어린 시절 어머니가 재촉하셨다는 그때, 목적지로 향하고자 했던 어머니의 말은 옳은 거예요. '방향성을 둔 재촉'과 '재촉을 하며 쏟는 비난'이 분리돼야 해요. 재촉이 나쁜 것만은 아닙니다. 그리고 아이들도 엄마의 말투를 파악하고 눈치 보는 연습도 해봐야 사회에 나가서도 상황 파악을 할 수 있어요. 과도한 것만 아니라면 눈치는 영리하게 쓰일 수 있고요.

나　　　재촉은 곧 나쁜 것이라고만 생각했어요. 그러면 아이에게 어떻게 말해줘야 하나요?

선생님　자, 아이 역할이 되어서 한번 말해보세요.

나　　　"엄마, 여기 거미줄 좀 봐. 멋지지? 담벼락 구멍에 집을 만들어 놨어."

선생님　"거미줄 구경하는 거야? 집이 근사하네. 거미는 어디로 갔나? 우리 거미줄 조금만 구경하고 가자. 아빠가 역에서 우리를 기다리고 계신대."

나　　　아, 듣고 나니 정말 쉽고 편안한 대화가 있다는 걸 깨닫네요. 누구에게는 자연스러운 일상의 대화가 저에게는 왜 이렇게 어렵게 느껴질까요? 마음속 여유에 대한 잘못된 관념을 버리고 당당한 마음으로 양육하고 싶어요. 오늘 상담에서 말씀드리길 정말 잘했네요.

    상담을 따끈따끈하게 마치고 나오니, 모든 자연과 포근한 햇살이 온전히 누려도 되는 나의 것으로 느껴졌다. 내가 느끼는 감정이 별것 아니라고 치부하고 다른 주제로 넘어가려고 했는데 말하지 않았으면 어쩔 뻔했나 싶었다. 상담하며 잊고 있었던 과거의 감정을 꺼내 해석할수록 아이러니하게도 과거에 머물고 있었던 마음에서 점점 벗어나고 있다는 느낌을 받았다. 내면이 뻥 뚫린 나에게 지금 당장 내게 필요한 말은 '바쁘거나 바쁘지 않은, 있는 그대로의 나를 사랑하라.'는 말이다.

4장

세상살이 프리패스
자기 사랑

너무 이해하려
하지 마세요

남의 아픔이 이해되는 내가 싫었던 적이 있다. 내 아픔의 깊이도 그만큼 깊다는 뜻 같아서다. 누군가는 그랬다. 너무 이해하려 하지 말라고. 모든 상황을 이해해야 하는 건 아니라고 했다. 이해에도 상대를 구분하는 지성이 필요했다. 나의 이해를 착취하는 사람에 대한 이해는 나를 한 번 더 내팽개칠 뿐이었다. 나를 챙기지 않으며 타인을 이해하려는 것은 공감까지는 닿지 못한 연민에 불과했다. 연민도 사랑의 일부이지만, 내가 했던 이해는 내가 과거에 느꼈던 슬픔의 표상일 뿐이었다. 그래도 희망은 있었다. '상처 입은 치유자'의 연민은 누구보다 공감과 사랑으로 나아갈 힘이 있다고 했다.

마음 치유 과정을 통해 '나'를 마주하고 난 뒤 빈센트 반 고흐의 그림이 조금은 달리 보였다. 유화를 배울 적 고흐의 작품을 모방하면서도, 나는 그저 기법과 화려한 색채에만 몰두했었다. 타인의 감정을 중심으로 살았던 나는 아이러니하게도 그림에서 아픔을 공감할 여력이 없었다. 그런데 이제는 그가 그림에서 보여준 세상과 인간을 향한 사랑과 열정이 조금씩 눈과 귀로 들어오기 시작했다. 『반 고흐, 영혼의 편지』라는 책에는 고흐가 동생 테오에게 쓴 편지 내용이 있다.

> 가족의 신뢰를 되찾는 것이 그렇게 희망이 없을까. 아버지
> 는 편견에서 완전히 벗어난 적이 없다.

고흐는 모국과 가족을 향한 마음을 '향수병'과 '멜랑콜리한 희망'이라는 양가감정으로 표현했다. 원가족에게 지속해서 상처를 받으면서도 품을 그리워하는 괴로움 말이다. 어린 시절에 사랑이 충족되지 못한 사람은 성인이 되어서도 '아주 아주 확실한' 사랑을 찾기 위해 찾아 헤맨다.

고흐는 자신의 자아상에 서린 아픔대로 타인에게 연민을 느꼈다. 몸을 팔아서 생계를 이어가는 고독에 처한 여자를 사랑하고 집착하는 것으로 자신을 치유했다. 고흐는 테오의 지원 덕분에 당시 화가로서 비교적 안정된 생활을 했음에도 스스로 가난하다고 여겼다. 그리고 가난한 사람들을 향한 마음을 그림으로 그렸다.

고흐는 사산된 형의 이름을 그대로 물려받았다. 형을 잃은 부모의 불안, 기대, 비난은 모두 첫째 아들 고흐에게 고스란히 넘겨졌다. 불행한 환경에서도 자신을 믿어주는 단 한 명이 있다면 그 사람은 잘 살아간다고 하지 않던가? 고흐는 부모가 자신

을 바라보는 대로 스스로를 불행한 사람으로 여겼지만, 다행히도 영원한 지지자인 동생 테오가 있었다.

신문에 고흐가 죽기 전 마지막 기간 동안 그림만 모은 전시가 인기를 끌었다는 기사를 봤다. 죽기 직전까지 뿜었던 고흐의 특별한 사랑과 에너지는 사람들에게 공감과 위로를 주었다.

이제는 내 삶에 잠식된 나와 타인의 연민을 넘어, 고흐가 세상에 내뿜었던 사랑과 열정을 닮고 싶다. 설사 가족으로부터 더 이상의 사랑과 이해를 받지 못하더라도 괜찮다. 사랑과 열정을 내뿜는 고흐는 원래 그런 사람이었음을 알게 되었으니까. 그가 과거에 태어나주어서, 편지를 남겨주어서 현대인인 내가 알게 되었으니까.

불행했던 그도, 사랑을 남겼던 그도, 우리도 모두 죽게 된다는 것은 사실이니까.

가만히 있으면
가마니 됩니다

　지하철에서 아저씨들끼리 말다툼이 일어나 관심이 집중됐다. 서서 가던 60대 아저씨가 앞에 앉아 있던 40대 아저씨와 옥신각신하고 있었다. 대화를 들어보니 60대 아저씨가 앞에 앉아 있던 아가씨를 불편하게 했는데 옆에 있던 40대 아저씨가 그 아가씨를 도와줬나 보다. 60대 아저씨는 억울한 기색으로 40대 아저씨에게 "네가 뭔데 끼어드냐?"며 훈계를 늘어놓기 시작했다. 이목이 집중되자 40대 아저씨는 얼굴이 빨개지면서 오해했다면 죄송하다며 무마시키려는 듯 보였다. 상대의 사과에도 분이 안 풀린 60대 아저씨는 점점 언성을 높였다.

　"당신이 봤어? 내가 그러는 거 봤냐고!"

　"아, 죄송합니다. 알겠습니다."

　언뜻 보기에도 60대 아저씨가 무례했고 상황에 진위 파악도 확실치 않아 보였다. 40대 아저씨는 그냥 상황을 회피하려고 했고, 나는 보는 내내 답답했다. 만만하게 여겨도 되겠다 싶었는지 60대 아저씨는 40대 아저씨의 이마를 손가락으로 툭 밀었다. 그럼에도 40대 아저씨는 얼굴만 새빨개진 채 가만히 있었다.

"죄송합니다…."

아오, 가만히 있으니 가마니로 보이나? 60대 아저씨는 간을 보니 더 해도 되겠다 싶었는지 이번에는 40대 아저씨의 머리 정수리를 빡! 때렸다. 그 아저씨는 계속된 갈굼에도 당황해하며 앉아 있기만 했다. 자신이 잘못한 것 같다면 차라리 이러저러해서 오해해서 미안하다든지 아니면 이게 뭐 하는 짓이냐고 화를 내든지 해야 하는 것 아닌가? 변명조차 하지 않고 앵무새처럼 같은 대답만 반복하고 있었다.

그런데 얼마 후 사달이 일어났다. 지하철이 역에 정차했고 곧 출입문이 닫힌다는 안내 메시지와 음악이 흘러나왔다. 그때였다. 40대 아저씨는 문이 닫히기 직전에 벌떡 일어나서 60대 아저씨의 멱살을 잡고 순식간에 문밖으로 끌고 나가 내동댕이쳤다. 출입문은 곧바로 닫혔고 60대 아저씨를 주먹과 발로 폭행했다. 사람들은 웅성웅성거리며 유리창 너머 뒤엉켜 있는 두 사람을 바라보았고 지하철이 출발하면서 이내 곧 시야에서 멀어졌다.

누가 시작했든 폭력은 잘못됐지만 솔직한 심정으로 40대 아저씨의 반격에 내 속이 뻥 뚫렸다. 함께 지하철에 타고 있던 승객들도 나와 같은 마음으로 40대 아저씨의 편을 드는 탄식을 내뱉었다.

가만히 있으면 가마니로 보는구나. 그런데 말이다. 왜 가만히 앉아서 가마니처럼 있었을까? 미연에 자신을 지키기 위한 작은 제스처라도 취했으면 좋았을걸. 그 남자는 언제부터 자신을 끊임없이 학대하는 사람 앞에서 가만히 있어야 했을까? 불합리한 상황에서도 타인에게 왜 죄송해야 했을까? 이 사건을 지켜보며 우리 사회에 분포한 다양한 관계들을 떠올렸다.

- 서로 일면식도 없었지만 나이에 따른 서열주의 속 부당한 상하관계
- 진정한 권위는 부재하고 억압과 폭력을 행사하는 아빠와 그 앞에 취약한 나
- 이유는 필요 없고 까라면 까야 하는 군대 고참과 초년병 돈과 권력을 중심으로 움직이는 사내 정치 속 상사와 직원
- 날라차기 발로 배를 걷어찼던 초등학교 시절 남자 담임 선생님과 우리 반 남학생
- 자신의 아이를 때렸다고 교무실에서 유리병을 집어 던진 학생 엄마와 그 일을 조용히 무마해야 했던 중학교 시절 선생님

취약했던 '나'를 지킬 수 없었던 우리 사회는 모두 단단히 억울하고 화가 나 있다. 애초에 수평관계는 개나 줘버린 상황에 상하관계는 상황과 배경에 따라 계속해서 뒤바뀌는데도, 상위

를 차지하기만 하면 무소불위의 힘을 휘두른다. 이는 근시안적 사고이며, 내일도 없이 오늘만 사는 병든 사회 모습이다.

미국 유명 작가 미크 맨슨이 한국 사회의 정곡을 찌른 언급으로 뉴스에 화제였다. 그는 '한국은 세계에서 가장 우울한 나라'라면서 청년뿐 아니라 노인 자살률이 1위로 치닫고 있는 한국이 유교의 나쁜 면인 수치심은 남기고 지역 사회와 가족 관계의 친밀함은 버린 것 같다고 했다. 우울한 영혼으로 죽어간 그들은 처음엔 아이였고, 그다음엔 초년병이었고, 담임 선생님이었고, 자신의 아이를 위한다며 손에 독을 쥔 엄마였다.

또한 맨슨은 이렇게 언급했다. 가족을 위해 희생할수록 좋은 사람이라고 평가받는 가족중심주의, 끊임없는 남들의 평가와 체면, 성과 압박으로 인한 스트레스가 극에 달한 한국 사회는 '자기표현능력'과 '개인주의'는 무시했다. 우울증에 대해 사람들은 공감이 아닌 인격의 실격으로 여기며, 드러내지 않고 묻어버리고 싶어 하는 점이 말도 안 되게 우울증 진단율이 낮은 이유라고 했다. 우울해서 침대에서 일어나지 못하면 가족에 대한 의무를 다하지 못한 게으른 뚱이라 여기는 탓에 한국의 전체 우울증 당사자 중 7%만이 도움을 요청한다고 했다. 하지만 맨슨은 희망도 예견했다. 한국의 문화와 역사가 지금껏 보여준 한국 특유의 회복력을 언급하면서, 지금은 사회에 뿌리박힌 우울증 회복을 위해 내면 깊은 곳을 들여다봐야 할 때이며 이것이 한국의 새로운 도전과제라고 했다.

우리는 몸에 병이 깊어 입원한 환자에게 가족에 대한 의무를 다하라고 하지 않는다. 마음에 병이 든 사람에게도 마찬가지여야 한다. 감정을 억누르는 법만 배우고 제대로 표현하는 방법을 배우지 못한 우리는 회피를 선택하곤 한다. 회피가 반복되면 폭발하는 것은 당연한 결과다. 그곳이 절벽 아래인지도 모르고 그저 달려가는 것을 멈추고 '나'를 지키는 일을 최우선으로 해야 한다. 평소에 가까운 가족에게 내가 지금 느끼는 감정을 설명할 수 있고, 또 그것이 가족에 대한 도전이 아니라 이해를 위한 과정으로 받아들여지는 분위기가 형성되어야 한다. 이것이 소통의 시작이다. 화를 표현하는 것에 대해 이야기했던 심리 상담이 떠오른다.

나　　　남편에게 서운했던 마음을 결국 터트리고 말았어요. 옥신각신한 끝에 남편과 절충을 했지만요.
선생님　서운했던 점을 터트렸으니 남편이 알게 되었네요. 잘 됐네요? (웃으며)
나　　　좀 참을 걸 그랬다는 생각이 들기도 해서요.
선생님　결국 절충안을 찾게 되었잖아요. 좋은 일이죠.

삶에 필요한 감정인 '화' 자체를 터부시했기에, 화를 잘 다루는 법을 몰랐던 것이다.

무기력하면
비로소 보이는 것들

흰 커튼 사이로 빛이 아침을 끌고 들어왔다. 햇빛이 얽히고 설키며 옷가지 걸치지 않은 나를 비추었다. 부스럭거리는 이불을 정리하며 무거운 중력을 느꼈다. 몸도 마음도 너무 무거웠다. 아침의 햇빛도 어두운 내 마음까지 밝히지는 못했다. 이왕 무기력한 거, 무기력한 나를 더 이상 미워 말고 이 시간을 제대로 느껴봐야겠다고 생각했다.

'반갑다, 무기력아. 이 시기가 끝나기 전에 너를 충분히 만끽할게.'

캉캉, 식탁 위 그릇 소리.

또르르, 컵에 물 떨어지는 소리.

나는 천천히 움직이며 여러 소리를 만들었다. 생활 소음 위에 규칙적인 실내화 끄는 소리가 얹어져 싫지 않은 리듬이 생겼다. 창문 밖에서 새들이 지저귀는 소리와 놀이터에서 아이들이 웃고 떠드는 소리가 그 리듬 위에 입혀졌다. 세상에서 제일 작은 멜로디가 들릴 때 비로소 내 마음의 소리도 들리는구나. 매일의 루틴에 피곤하여 천천히 걸었지만, 그것과 별개로 하늘은 맑고 구름이 참 예뻤다. 망막을 통해 세상의 모습이 슬로모션처럼 펼쳐지고 자동차 경적 소리마저 느리게 들렸다. 세상은 온 힘을 다해 느림의 미학으로 나를 치유하고 있었다.

　더 느리게 살아보기 위해 텃밭을 가꾸기 시작했는데, 얼마 지나지 않아 카르마가 올라왔다. 주변에 다른 텃밭과 비교하며 열매를 재촉했다. 최근에는 좋은 흙에서 발견된다는 땅강아지를 만났는데, 외계에서 온 곤충처럼 신기하게 생겼고 하는 행동이 귀엽기도 했다. 옆에 있던 애벌레는 엉덩이를 하늘 높이 치켜들고 앞으로 나아가는 꿈틀 댄스를 선보였다. 아이들은 울타리 한쪽 끝으로 도달할 때까지 기다리며 응원하는 매너 관람객이 됐다.

　땀에 젖은 목덜미로 불어오는 시원한 바람, 순환되고 있는 죽은 나뭇가지들. 유동 곤충이 지나다니는 곳곳에 먹이를 구한다는 현수막 광고를 하듯 쳐진 거미줄. 왜 안 보이나 했다. 여름과 가을의 빌런, 모기와의 싸움. 눈앞에서 개구리의 재빠른 혀 길이에 흠칫 놀랐다. 땅 위의 미물도 또 다른 미물의 입속으로 한순간에 사라졌구나. 한쪽에선 땅속으로 쫓고 쫓기는 추격전이 일어났지만, 흙 입장에선 그 덕분에 숨구멍이 생겨 식물들이 쑥쑥 자랐다. 함께 자란 잡초마저 땅속의 영양분을 끌어올리는 역할을 한다고 하니, 안 좋다고 모두 뽑아버려 완벽한 땅을 만들 수도 없었다.

그나저나 이곳을 밀고 새 작물을 심어야 하는데, 땅속 친구들은 어쩌나 싶었다. 텃밭 일도 여간 어려운 게 아니구나. 멀리서 보기에 평온한 텃밭이지만, 이곳도 나름대로 시끌벅적하게 돌아가고 있었다. 이들의 유기적 순환처럼 나의 기쁨도 슬픔도 불안도 그랬다. 감정에서 한 발짝 떨어져 '나'를 바라본다. 이 친구들이 잘 놀다가 너무 오래 놀았다 싶으면 어느새 떠나간다는 걸 알았다. 이제는 감정의 종이 아닌 주인되어 어지간히 놀았으니 집에 가라고 내가 직접 보내줘야 했다.

'어서 와, 기쁨아, 불안아. 오늘은 놀다가 좀 일찍 가렴. 다음에 또 놀러와.'

인간의 욕망은 끝이 없지만 저 단풍나무는 내년 이맘때 같은 자리에서 같은 빛을 발하겠지. 아낌 없이 쉼을 주는 저 나무 그늘에서 비로소 맘껏 기뻐하고 슬퍼하고 괴로워해야겠다. 그래도 너무 괴로워는 말고 하늘을 올려다보고 입꼬리를 올려보려고 한다. 그러면 한결 기분이 나아질 테니까.

내가 나에게 하는 응원의 말

"서늘한 저녁, 이 시간에도 텃밭은 돌아가고 있겠지. 너도 불혹의 때까지 달려오느라 수고 많았고 잘 살아왔어. 그렇지 않다고 여겨지면 뒤를 돌아 네 발자취를 확인해 보길 바라. 여러 갈래 길이라면, 무수한 두려움에 맞서 도장 깨기 하느라 수고했고, 한 갈래 길이라면 외로움에 맞서 묵묵히 걸어오느라 수고했어. 부디 혼자였다고 착각하지 말기를. 발길 닿는 길 비춘 달빛은 열심으로 너를 따라다니며 조용히 응원했으니까."

내 안의 예민 씨를 만나다

기자   예민하고 유별나다는 비난에 힘들었던 때가 있으셨다고 들었는데, 그때 속내가 어땠는지 궁금합니다.

예민   저는 태어나기를 예민한 기질을 갖고 태어났어요. 태어나서는 밤잠을 잘 이루지 못하고 밤새 우는 아기였기도 했고요. 부모님은 제게 종종 엄살부리지 말라는 말씀을 많이 하셨어요. 억울하기 짝이 없었죠. 제가 느끼는 감정을 표현했는데, 부모님은 마치 제 감정이 거짓이라는 듯이 받아들이셨으니까요.

기자   '엄살'의 사전적 의미를 찾아보니 이렇네요. '아픔이나 괴로움 따위를 거짓으로 꾸미거나 실제보다 보태어서 나타내는 태도나 말'이라고요.

예민   저의 첫째 아이도 역시 신생아 시절 영아산통으로 한 달가량 새벽잠을 이루지 못하고 울었는데, 그 얘기를 들은 아빠가 충격적인 이야기를 해주셨어요. 저도 태어나서부터 밤마다 잠을 못 자고 엄청 우는 아기였대요. 그런데 매우 예민한 아빠는 그 울음을 견디다 못해 아기인 저의 뺨을 막 때렸다고 하셨어요. 그런 말씀을 하시면서도 사과나 후회하는 기색은 없었고요. 아빠와의 불행한 기억들도 감당하기 힘든데, 기억에도 없었던 새로운 사실을 알게 되니 우는 아기를 볼 때마다 떠올라 한동안 괴로웠어요. 아빠는 '너도 지금 굉장히 괴롭지? 그래서 내가 그랬던거야. 그러니 나의 행동이 이해가 가니?'라는 의미로 하신 말인지도 모르겠지만요. 그러면서 본인의 감정 자산이 제게도 대물림되었는지까지 확인하셨어요.

아빠 또한 할아버지로부터 폭력과 감정 자산을 대물림받으셨거든요. 아빠는 평안한 상태가 되면 심한 열등감과 의심, 부정성을 내포한 언어들로 집안을 다시 불행한 분위기로 되돌렸어요. 언제 들이닥칠지 모르는 공격에 대비해 자신을 지킬 수 있는 상황을 삶의 기본값으로 설정한 거죠. 아빠는 죽음에 대한 두려움을 물려받은 분이에요.

한 연구에 따르면, 아기는 생후 6개월만 되면 엄마가 아무리 감정을 숨겨도 알아차릴 수 있다고 해요. 언성이 높은 환경에 지속적으로 노출되면 아기의 소변에서 스트레스 호르몬이 다량 검출되고요. 스트레스 조절 기능을 담당하는 HPA축은 생후 1년 사이에 형성이 되는데, 지속적인 스트레스를 받은 아기는 이 기능이 손상된다고 해요. 그러면 아기가 성인이 되었을 때도 조금의 스트레스에도 감정 조절이 어려워지고 우울이나 불안장애, 기억력 손상 등이 일어나기 쉬워지는 거죠.

그래도 성인이 되어 회복 에너지를 공부하고 훈련하면 회복탄

력성을 키우면 다른 삶을 맞이할 수 있다고 하더라고요. 현재 저는 스트레스를 주는 사람과 함께 시간을 보내는 일을 줄이고 있어요. 저의 마음 회복을 위해서요.

기자　아무 것도 할 수 없는 약자인 아기 이야기를 들으니 마음이 아파오네요.

예민　집마다 차이는 있지만 출생 순서에 따라 성격이 달리 형성된다는 심리 이론이 있잖아요. 저는 장녀로 태어나 뼈 있는 농담처럼 '살림 밑천'이란 말을 듣고 자랐어요. 그런데 제가 왜 살림을 위해 깔아주는 밑천이에요? 선천적으로 예민한 기질에다가 불안감 넘치는 환경적 요인으로 저의 예민성은 더욱 뾰족해졌어요. 그 뾰족함은 어디로든 향하게 되어 있는데, 타인을 향하는 대신 자책하며 스스로를 찔렀죠. '내가 예민하다고 비난받는 이유는 못난 나 자신 때문이구나.'라면서요.

　보편적으로 첫째 아이를 키우는 경우, 부모도 육아가 처음이다 보니 아이의 울음과 요구에 민감하게 반응한다고 해요. 그에 반해 둘째에게는 그보다 덜 민감하게 반응하는 경향이 있죠. 첫째 때의 경험 덕분에 울음소리에 대한 데이터가 축적되어 있기에 아이가 배고파서 우는 건지, 기저귀를 갈아달라고 우는 건지, 어디가 아픈 건지 파악하고 대처할 수 있는 여유가 생긴 거죠. 부모의 표정은 아기가 세상으로 바라보는 통로이기에 둘째는 첫째보다는 더 온순한 성격으로 자라날 가능성이 크다고 해요.

　생후 24개월 아기의 뇌는 성인의 80% 정도에 달하는 뇌발달이 이루어진다고 하는데요. 부모의 민감한 반응에 뇌 발달이 이루어진 첫째 아이의 영민함에 따라붙는 예민성은 양날의 검인 거죠. 집집마다 문화와 다르겠지만 이는 보편적 인간의 행동 방식이라고 할 수 있을 것 같아요.

저도 아이 둘을 양육하면서 이런 과정을 경험했어요. 아이 둘을 똑같이 키운 것 같지만, 면밀히 들여다보면 다르게 대했던 부분들이 있더라고요. 첫째 때는 물병의 재질부터 아기 입에 들어가는 쪽쪽이까지 성분을 따져보고 고민하는 시간이 많았어요. 반면 둘째 때는 이미 공부해놨던 기본 정보들이 있으니 웬만한 범위 내에선 괜찮다고 여겼던 것 같아요.

아이가 둘이면 물리적인 집안일은 2배가 아닌 그 이상이더라고요. 첫째도 나름대로 어린아이인데, 그동안 기본값으로 받아왔던 부모님의 관심도 적어지고 자신의 요구가 다 받아들여지지 않자 불쾌감을 드러내며 울기도 했어요. 반면, 둘째는 혼자 감정 조절하는 법을 배워야 했고요. 이유식 준비하거나 가제 수건을 개키거나 간식을 준비할 때, 둘째는 "어, 그래. 엄마 곧 갈게."라고 말하고 좀처럼 오지 않는 엄마의 목소리에만 의지해야 했어요. 엄마를 기다리다 지치는 사이 아이는 스스로 울음을 누그러트리며 감정을 조절하는 법을 배운 거죠.

아이가 울 때 바로 가서 안아줄 수 있지만 그러지 않는 것과 안아주고 싶어도 바빠서 못 그러는 건 다르잖아요. 집안일을 할 때 나는 세탁기 소리, 이유식을 만들며 탕탕 칼질을 하고 보글보글 끓이는 소리도 아기의 귀에 익숙해져요. 바닥에 누워 머리를 엄마 쪽으로 돌리고 상황을 이해해주기도 하고요.

지금은 둘째가 첫째보다 덜 예민한데, 처음부터 그렇지도 않았다는 생각이 드네요. 출산하고 병원에서 먹였던 분유를 모유로 바꾸는 과정에서 신생아의 예민성을 간파할 수 있었거든요. 배고픈데도 먹기를 거부하고 2시간 동안 울며불며 처음 입에 물었던 것과 같은 감각의 젖병을 끈질기게 요구했어요. 모유수유를 도와주셨던 선생님은 수십 년간 모유수유를 돕고 교육도 하시는 분이었는데, 신생아여도 고유의 기질을 알 수 있다고 하셨어요. 둘째의 고집을 보시고는 나중에 무엇을 해도 자기 뜻대로 잘 이루어내는 아이로 자랄 거라고 긍정적으로 말씀해주셨어요.

그래서 저는 '교육은 지금부터'라는 마음으로 아기와 저는 수유 시간마다 서로 땀을 뻘뻘 흘리며 인고의 시간을 버텼어요. "아가야, 배고프지? 이번에도 엄마랑 잘 해보자. 축복이(둘째 태명)는 잘할 수 있어."라고 등을 가볍게 두드리며 격려해줬어요. 말은 애써 곱게 했지만 새벽에 2시간마다 깨야 해서 반쯤은 미친 상태로요. 감정 조절이 안 되는 날에는 육아 서적을 보고 실전 대화법에 밑줄을 그으며 외운 대로 말하려고 노력했어요. 너무 졸렸지만 모유수유에 성공하고 나면 짊어지고 다니지 않아도 될 유축기나 젖병들, 분유 등을 떠올리며 버텼던 것 같아요. 울음은 2시간에서 1시간으로 줄었고 20분으로 줄어들다가 결국은 울지 않고도 모유수유에 성공했어요. 이것이 신생아 교육이겠다 싶었죠. 끝내 저와 극적 합의를 이루어준 아기도 참 기특했어요. 그냥 울면서 뭔가를 요구하는 생명력 자체가 기특했어요.

기자   아기의 양육 과정에서 다져지는 예민성의 차이도 흥미롭네요. 첫째와의 에피소드도 있나요?

예민   첫째는 영아산통이 심해서 새벽 2시부터 7시까지 우는 걸 달래느라 한 달을 거의 못 잤어요. 남편과 저는 영화 속 좀비처럼 얼굴과 머리가 쑥대밭이 되었죠. 싱크대에 물을 틀어 백색소음을 내며 2시간이고 3시간이고 아기를 안고 달래야했어요. 서로 여유 있게 마주볼 수 있는 시간은 당연히 없었고, 배턴터치로 인력을 분배했죠. 아침 해가 떠오르고 나서야 아기가 울다 지쳐 곯아떨어질 때쯤 저도 잠에 빨려들었는데, 그 와중에 가위에 눌린 거예요. 이불 안으로 눈두덩이가 전부 새카만 아기 귀신이 올라와 저를 결박하는 것 아니겠어요.

예민한 엄마가 예민한 아기를 키운다는 건 정말 가혹한 형벌 같았어요. 새벽 내내 악을 쓰고 우는 아기를 보고 '너 참 대단하다. 오죽하면 이렇게까지 우냐.' 하는 생각이 들어 정말 안타까웠어요. 이 정도 존재감이면 아기의 이름처럼 세상을 비추는 햇님이 될 상이라는 생각도 들었고요. 우리 부부의 묵묵한 전우 정신과 남편의 자상한 부성애로 한 달의 고비를 넘겼고 결국 평화의 깃발을 꽂았어요. 그때 아기에게 "햇님아, 태어나보니 네 아빠가 네 아빠인 기분이 어떠니?"라고 말해줬어요. 창밖을 바라보니 이글이글 타던 황색 모래 세상에서 맑은 구름과 파란 하늘로 바뀌어가는 게 보이더라고요. 인간의 미성숙과 한계치를 확인하는 때였어요.

저의 어린이집 시절도 떠올라요. 엄마는 제 머리를 세게 묶어서 어린이집에 보냈어요. 타고나기를 예민성이 낮았던 엄마는 당겨진 머리카락으로 인해 머리가 아프다는 저의 말을 전혀 이해하지 못하셨어요. 엄마 본인이 괜찮았기에 딸도 괜찮을 거라 생각하셨죠. 엄마에게는 딸이 깔끔하고 단정해 보이는 게 더 중요했기에 묶기 싫다는 제 의견은 받아들여지지 않았고 어쨌거나 묶어야만 했어요. 저는 당겨진 머리카락으로 신경이 온통 머리로 다 쏠려 편안하게 생활할 수가 없었어요. 원피스와 함께 신었던 두터운 흰 스타킹도 딱 달라붙는 느낌이 싫어서 하루 종일 불편했고요. 그때는 무조건 입어야 한다고 해서 그냥 입어야 되는 줄 알았거든요.

말하다 보니까 제가 예민하다는 평가는 저의 가족, 특히 권위적인 어른들에게 주로 들었다는 사실을 깨닫게 되네요. 함께 자란 남동생은 예민성이 낮았고 저와 달리 잠도 잘 자는 편이었어요. 엄마는 감기 몸살에 열이 불덩이인데도 아무 소리 않았던 동생을 칭찬하는 방식으로도 저와 비교하셨어요. 귀여운 막내에다가 아들이고 저와 달리 잠까지 잘 잤으니 더 예쁘긴 했겠죠. 엄마도 사람인데 그럴 수 있다고 생각해요.

저는 누구나 같은 고통을 느끼는데 다들 내색하지 않고 참는건 줄 알았어요. 크면서 친구들과 사람들의 경험과 이야기를 듣고 나서야 저와 같은 사람들이 많다는 것을 알았어요. 다들 유별나 보이지 않도록 자기 표현을 억누르는 방식과 인고의 나날들로 사회화를 이루었다는 사실도 알게 되었죠. 남의 몸으로 들어가 체감해볼 수도 없으니 답답할 노릇이죠. 타고난 기질로 비난받는다는 건 마치 너는 왜 이렇게 생겼냐고 묻는 것과 같아요. 아이의 존재 자체를 부정하는 일인 거죠.

기자   긴긴 마음고생의 나날이었겠네요. 예민성이 장점으로 발휘되었던 경험이 있었나요?

예민   네. 초등학교 때는 가까이 사는 친척 언니와 함께 봉숭아 물을 들이곤 했어요. 서로의 손톱에 잘 빻은 봉숭아를 올려 비닐로 감싸고 내일을 기대하며 함께 잠을 청했죠. 다음 날 아침에 일어나보니 제 손가락에 붙어 있어야 할 비닐은 온데간데없고 제 손톱은 깨끗했죠. 한편, 손재주가 좋은 제가 잘 싸매준 언니의 손톱은 새빨갛게 물들어 있었어요. 봉숭아 물은 매년 그런 식이었죠. 그래서 언니에게 "이번엔 잘 좀 싸줘."라고 푸념하곤 했지만 어쩔 수 없다고 생각했어요.

　여러 상황을 비추어 같은 상황에서도 좀 더 두드러진 반응을 보였던 저는 항상 까다롭고 유별난 아이가 되었죠. 제 감정을 이해해주는 사람은 별로 없었고 저만 꼭 외계에서 온 것만 같았어요. '네가 나보다 더 예민하잖아. 그래서 나한테 그렇게 말하는 거잖아.'라고 타인의 비난을 해석할 여력도 없었고, 그저 타인이 나를 어떻게 보는지에 따라 나 자신을 판단하는 일이 전부였어요.

기자   주변에 예민 씨 같은 분이 또 계신가요?

예민   디자인 회사에서 함께 일했던 동료들이 떠올라요. 여자들은 대부분 예민성이 높았고요. 흥미로웠던 부분은 남자 디자이너들의 성향 또한 그랬던 것이었어요. 섬세하고 감수성이 높은 분들이 많았어요. 사회생활을 하면서 저의 예민성이 뾰족하게 발휘될수록 디자인 능력이 향상됨을 느꼈죠. 사회적 성취로 인해 자존감이 올라가는 경험을 했습니다.

이제는 예민하다는 타인의 비난에도 흔들리지 않으려고 노력해요. 저의 예민성이 남에게 피해를 준다면 문제가 되겠지만, 예민성을 발휘해 일을 아름답게 완성하고 잘못된 점을 분석하여 개선하는 능력은 좋은 점이라고 생각합니다.

저의 예민성은 삶을 풍요롭게 해줘요. 같은 가을 하늘도 매일 다르게 느껴지고요. 자연에서 영감을 얻은 디자인 패턴은 마르지 않는 샘물과 같아요. 어제와 오늘이 다르니 지루할 틈이 없어요. 시간을 돌아보면 남보다 더 많이 느끼고 경험해서 보통의 하루가 저에게 이틀처럼 느껴지기도 합니다. 한 해를 돌아보면 정말 다사다난했던 경험들이 모두 지혜의 통장에 차곡차곡 쌓이는 느낌이라 뿌듯해요.

기자　　그렇다면 종합적인 결론을 내려 말씀드리겠습니다. 예민 씨가 느끼는 감정은 엄살도 아니고 나쁜 것도 아닙니다. 그저 삶을 풍요롭고 깊게 누릴 수 있게 해주는 귀한 재능이라고 할 수 있겠네요. 그럼 지금까지 인터뷰에 응해주셔서 감사합니다.

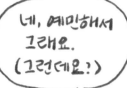

만성통증과
헤어질 결심

친구는 신경 수술 후 통증에 관해 신기한 경험을 했다. 수술은 잘 되었지만 부작용으로 수술한 쪽의 팔 전체에 마비 증상이 생겼다. 의사는 재활치료를 하면 회복될 거라고 했다. 그런데 친구는 팔 전체에 감각은 느껴지지 않는데 자꾸 팔꿈치가 아프다는 것이다. 실제 감각이 없는 신체 부위에서 느껴지는 통증이라니. 팔꿈치를 주무른다고 되는 일도 아니고…. 세상에는 이해되지 않는 일이 많구나 싶었다.

그 무렵 친구가 또 한 가지 걱정하고 있던 일이 있었다. 초등학교 2학년이었던 친구의 아들에게 10개월째 지속되던 원인 모를 두통이었다. 온갖 검사를 하고 약을 먹어도 증상이 사라지지 않았다. 아들을 심리 상담 센터로 데려가보라는 의사의 말을 납득할 수 없었던 친구는 마지막 보루로 놀이 치료를 시도해봤지만, 별다른 효과를 얻지 못했다.

아무리 가까워도 서로 나누지 말아야 할 이야기가 있다고들한다. 그건 육아 조언과 정치 이야기다. 특히 육아에 대해서는 자칫 잘못 이야기하여 엄마 역할에 죄책감을 주거나 감정이 상하는 일이 생길 수 있기 때문이다. 그럼에도 나는 친구 아들의 오래된 두통이 염려되었고 친구와 이야기를 나누던 중 내 의견을 건넸다.

"너 아이들 유치원 때부터 지금까지 회초리 옆에 두고 엄하게 공부시키고 있잖아? 그런 환경도 지속된 두통의 이유가 아닌가 하는 생각이 들어서."

"아니야. 그 정도는 공부시켜야지. 너도 애가 6살, 7살 되면 이론과 현실이 다르다는 걸 알게 될 거야. 그렇게 공부시킬 수밖에 없어."

"아들이 책상 앞에서 자주 운다며? 아직 어리니까 하루 공부량을 30분 정도로 줄여보는 게 어때?"

친구는 내가 고2 때부터 알고 지내온, 변함없이 열정이 넘치고 따스한 친구다. 태생 자체가 아이에 대한 사랑이 많아 물고 빠는 엄마인데 '공부' 앞에서 만큼은 엄하고 확고한 태도를 보였다. 내가 아는 친구의 아들은 자신의 엄마와 정반대의 기질을 갖고 있으며 예민하고 내향적이어서 말수가 적은 아이였다. 엄마의 통제에 전적으로 반항은 못 하지만 내면에 쌓인 감정을 두통이라는 신체 증상으로 호소하고 있는 건 아닌가 하는 생각이 들었다. 종종 친구가 아들과의 관계로 힘들어하는 이야기를 들을 때면, 나는 친구에게 나의 마음챙김 과정을 공유했고 친구는 진심으로 경청해줬다.

그러던 어느 날 친구에게 전화가 걸려왔다.

"너도 알다시피 수년 동안 온갖 노력을 해도 우리 애 두통이 없어지지 않았잖아. 그래서 이제 너하고 싶은 대로 하라고 했어. 이제는 아무 욕심 없다. 아이만 괜찮다면. 그동안 많이 울었고 기도도 많이 했어. 예전엔 죽음이 너무 두려웠고 나 없이도 아이들이 잘 살아갈 수 있을지 걱정이 많았어. 그래서 공부도 더 엄하게 시켰고. 그런데 마음을 내려놓고 나니 오히려 천국 앞에서 두려울 게 없어졌어. 편안해진 이 마음이 정말 신기해. 앞으로는 내 인생 즐겁게 살고 애들 걱정할 바에는 봉사활동을 더 하련다."

자녀의 증상을 대수롭지 않게 여기거나 원인을 다른 데서 찾고 자신의 욕망을 밀어붙이는 부모도 많다. 그런데 친구는 본인을 바꾸기로 선택했다. 한국의 교육 현실과 내면을 채우고 있던 두려움으로부터 벗어나기로 스스로 마음 먹은 것이다.

친구가 겪었던 수술은 신경 속 암세포를 제거하는 수술이었다. 친구는 죽음 앞에서 상상할 수 없을 만큼 인고의 시간을 거쳐 안도와 환희를 맛볼 수 있었다. 친구의 아들과 내가 자란 환경은 전적으로 다르지만 괜스레 어린 시절 나를 괴롭혔던 만성 통증도 함께 해방됨을 느꼈다. 그렇게 아들의 공부 방식을 바꾸기로 하고 수개월이 지난 시점에 친구는 아들의 오랜 두통이 사라졌다는 기쁜 소식을 전해왔다.

나는 초등학교 시절부터 복통을 자주 느꼈다. 그 통증이 '과민성대장증후군' 때문이라는 사실은 나중에야 알게 됐다. 이전에는 병원에 가도 병명을 알 수 없었고 입원 한 번 한 적이 없었다. 어떤 아이는 부모님으로부터 공포를 느끼면 바로 입에 거품을 물고 뒤로 나자빠져 두 번 다시 간섭받지 않는다고 하던데. 그런데 나는 야속하게도 제법 건강했고 체육 시간에도 월등하여 친구들 앞에 나가서 자주 시범을 보였다. 혼자만 느끼는 만성통증은 내 친구였다. 친구들은 자잘하게 아픈 사람이 오래 산다며 긍정적인 말을 해주곤 했다. 신기한 것은 집 밖으로만 나가면 통증이 대폭 완화된다는 사실이다. 고등학생부터는 진통제를 복용하기도 했는데 사실 통증의 원인과 치료법을 정확하게 알고 있었다. 그 원인은 아빠의 부정적인 기운을 대면하는 일이었고, 치료법은 그런 아빠와 대면하지 않는 것이었다. 복통이 생겨 밥을 그만 먹으려고 하면 아빠는 나의 아픔보다는 가족이 한 식탁에 앉아 밥 먹는 형식을 중요하게 여기며 당장 와서 밥 먹으라고 윽박질렀다. 개인의 상황을 고려하지 않은 집단에 대한 집착으로 지키고자 했던 건 가족이 아닌, 바람 불면 흔적도 없이 사라질 모래성이었다.

옥스퍼드 대학교 소속 연구원이자 의사인 몬티 라이먼은 그의 저서 『고통의 비밀』에서 통증에 관한 오해와 진실을 밝혔다. 2020년 영국왕립의학협회 통증 분야에서 논문상을 수상한 그는 다양한 연구를 통해 통증을 외적인 부분에서부터 생물학적·

심리적·사회적 요인까지 다양한 요인에 의해 영향받는 보편적이고 지극히 개인적인 경험이라고 설명했다. 만성통증이라는 뜻인 '라이먼증'은 박사의 이름을 따서 만든 용어라고 한다. 뇌과학적인 실험과 연구를 통해, 흔하지만 어느 카테고리에도 들지 않는 만성통증의 원인과 증상, 치료법을 입증했다. 라이먼 박사는 통증을 우리를 보호하기 위한 수호천사, 고마운 친구이자 의사와 같은 존재로 접근했다. 식탁에 찧은 발에서 유발되는 즉각적인 손상으로 인한 극심한 통증(어쩌면 제일 아픈 통증)도 있지만 우리가 이해하기 힘든 통증들도 많다고 했다. 전쟁터에 나가 사지를 심하게 다쳐 들것에 실려 안전한 영역에 도착했는지, 아니면 여전히 전쟁통에 남아 있는지에 따라서도 통증의 강도가 두드러지게 달라졌다. 통증은 조직이 손상되었을 때 '무조건' 뇌로 신호를 보내 '감지'되는 것이 아니라, '뇌 자체가 통증을 만드는 것'이라고 입증했다. 생각만으로 통증을 느낄 수도, 느끼지 않을 수도 있다는 이야기다.

심한 스트레스나 어린 시절의 불행한 경험으로 인한 잦은 염증 경보로 인한 단기적인 통증 역시 만성통증으로 이어진다고 했다. 뇌 회로는 모든 잠재적 위협에 극도로 예민하게 반응하도록 재구성되듯 만성통증은 사회적, 심리적 관계망 속에서 '학습된 통증'이라고 말했다. 라이먼 박사는 긴 의학 공부와 교대 근무로 인한 스트레스로 고질병이 되어버린 과민성대장증후군을 최면 요법으로 완치한 경험이 있다고 한다. 이는 무의식적 뇌가 의식적 마음을 인식하지 않고 어떤 제안을 듣고 반응하는 방식이나. 다른 생각에 골똘하면서도 정신 차려보니 제 발로 집을 찾아온 경험이 있거나, 레몬을 떠올리는 것만으로 입에 침이 잘 고이는 사람일수록 최면 효과가 크다고 말했다. 암시와 상상만으로도 몸의 반응이 일어난다는 이야기다. 이 주장을 주류 의학계에서는 저평가했었지만 최근 들어 효과가 많이 입증되고 있는데, 가수면 상태에 있는 뇌파에서 '세타파'가 매우 강하게 나타난다. 세타파는 몰입과 기억 인출에 관련된 뇌파인데 최면 요법을 받을 때 늘 관찰되는 뇌파다. 이는 명상 수련자에게서 자주 나타난다. 내 아이들도 밤잠을 잘 때 귀에 대고 사랑을 속삭이거나 잔잔한 동요를 들려주면 더 깊은 잠에 빠지곤 하는데, 그것은 세타파가 나오는 상태에서 큐피트의 화살을 쏜 것이나 다름없는 셈이었다.

앞서 소개했던 나의 자연 출산을 준비하며 이루어졌던 히프노버딩, 최면 출산 역시 명상 수련으로 고통을 제어하고 통제하는 방법과 같은 맥락이다. 저자는 책에서 부작용 없이 통증을 완화시켜주는 방법으로 '손길'을 소개했다. 신체 접촉을 통하여 부드럽게 쓰다듬어줄 때 fMRI 자기공명장치에서 통증을 담당하는 뇌 부위의 반응이 줄어드는 것을 입증했다. 태어나자마자 부모의 손길로 쓰다듬어주는 방식인 '캥거루 케어' 역시 통증을 줄여주는 역할을 한다고 소개했다.

가짜 약으로 호전이 입증된 플라세보 효과와 마찬가지로 노세보 효과 역시 반대 영향을 끼칠 수 있다. 이를테면 첫째 아이의 친구 수지 아빠는 만에 하나 생길지 모르는 위험을 미리 연상시키는 방법으로 자주 주의시키는 편이었다. 내리막길을 뛰고 있는 수지에게 "너 그렇게 뛰어 내려가다가 다리 부러져진다!"라는 염려의 언어들은 전형적인 노세보 효과라고 할 수 있다. 수지 엄마는 말이 씨가 될까 봐 걱정을 토로했다. 그런데 어느 날 수지가 뛰다가 정말로 다리를 크게 다친 날이 있었다. 수지 엄마는 아이를 걱정하며 내게 말했다. 태어난 지 만 5년밖에 안 된 아이가 금이 간 것도 아니고 다리뼈가 똑 부러지는 경험을 어떻게 한 번도 아니고 두 번이나 할 수 있냐고 속상해했다.

불안감이 높아지면 통증에 영향을 주는 신경전달물질이 분비된다. 암시와 상상만으로도 몸과 마음 건강이 좌지우지되는 만큼 우리가 의식하지 못하는 사이에 이루어지는 무의식적인 발언을 인지해야 된다고 저자는 말했다. 나 역시도 아이가 등받이 없는 의자에 앉을 때 "이 의자에는 등받이가 없으니까 뒤를 잘 확인해봐."라는 말 대신 "의자 조심해. 뒤로 팍 떨어질 수 있어."라는 등의 극단적인 상황을 예견하는 동시에 아차 싶었던 적이 많았다.

가족 간에 건강 염려에 관한 유튜브 영상이나 불안을 조장하는 뉴스를 공유하는 것은 도움은커녕 노세보 효과만 줄 수 있다. 가족의 불안은 세대를 거듭할수록 배가 된다는 말이 이해도 된다. 하지만 성장이나 성취를 위한다면 지속적·강박적 불안의 언어 세뇌로부터 거리를 두어야 한다.

친구의 팔꿈치 통증은 책에도 나온 사례와 같았다. 그것은 뇌가 팔꿈치에서 느꼈던 원래의 감각을 '기억'하여 발현하는 통증이었다. 움직이기 힘든 팔에 거울을 붙이고 원활하게 움직일 수 있는 반대편 팔을 반사해 그 팔의 움직임을 보면 뇌가 착각을 일으켜 환상통이 줄어드는 효과를 보았다고 했다. 이 역시도 실제 조직의 손상 여부와 상관없이 '뇌에서 만든 통증'이라는 것을 뒷받침해줄 수 있다. 이것은 통증을 관리하는 방법이 될 수 있다.

현재는 나만의 가정을 이루며 살면서 '아, 옛날에 만성통증이 있었지!' 생각할 만큼 통증으로부터 많이 멀어졌다. 그만큼 통증을 유발하는 신체적·정신적 환경에 최대한 노출되지 않으려는 노력 덕분이다. 라이먼 박사는 만성통증을 물리치는 방법으로 '가벼운 통증을 동반한 운동'을 추천했다. 이는 운동으로 느끼는 가짜 통증의 반복으로 적응시키는 방법이다. 또한 단계적인 심상 훈련들 외에 반복적인 움직임이 있는 뜨개질과 요가, 수영, 태극권 등의 운동과 함께 자꾸 강조하기에도 식상하지만 파급력이 대단한 '수면'과 '호흡'을 언급했다.

직장인 시절, 컴퓨터 앞에 고정된 자세로 밤 12시까지 잦은 야근을 했던 나날이 있었다. 그로 인한 허리와 목 통증으로 통증 클리닉을 찾았다. 두 달 동안 일대일로 받은 치료 2시간 중 1

시간은 호흡을 기반으로 한 운동치료였다. 그 방식은 '운동을 위한 호흡'이 아닌 '호흡을 위한 운동'이라는 생각이 들 정도로 호흡 측정 장치까지 이용하면서 구체적인 호흡 방식을 강조했다. 폐에 들어간 호흡은 흉부를 정돈하고 나머지 장기들도 도미노로 정돈해준다. 손끝과 발끝까지 기운을 불어넣은 호흡과 운동 후 몸과 정신이 가뿐해짐을 느꼈다. 라이먼 박사는 저서에서 이렇게 말했다. 현대 사회는 '원시적 투쟁 도피 반응'이 일어날 때와 같은 '얕은 호흡'으로, 산소와 이산화탄소의 균형을 깨트리고 에너지를 낭비하고 있다고 했다.

세상에는 이해되지 않은 일들이 많지만 통증의 원인을 전인적으로 들여다보려고 노력하다 보니 원인과 해법이 조금씩 드러나기도 했다. 통증마저 수용하는 방식을 배우고 인간을 단순히 수용체와 신경 다발이 아닌 인간 그 자체로 대해야 함을 배웠다. 통증은 신체에 경고를 주기도 하지만, 그것을 통해 사람을 들여다보게 만드는 사랑도 가르쳐준다.

사랑을 대하는 태도

"인간은 처음부터 근본적으로 타인을 사랑할 수 없는 존재다."

정신분석학자 지그문트 프로이트가 사랑에 관해 한 말이다. 이는 연인 사이든 부모 자식 간의 관계든 인간에게 자기중심성이 있다는 말을 의미한다. 이 문장을 보고 남편에게 질문을 건넸다.

"나는 당신을 진정으로 사랑하고 있나 생각해봤어. 지지하는 배우자로서 인간적으로서 사랑한다고 생각해. 그런데 이따금 내 편의를 위해 당신을 변화시키려 들었던 것을 생각하면 본연의 모습 그대로를 사랑한다고 볼 수 없을 것 같아. 당신은 프로이트의 말처럼 타인을 진정으로 사랑할 수 없다고 생각해?"

결혼 10년 차 남편은 흔들리는 동공을 애써 감추며 말했다.

"나는 당신을 진정으로 사랑해. 프로이트가 사랑을 모르네. 프로이트 불쌍하다."

웃으며 잘 빠져나갔다. 남편에게 사랑은 분석의 대상이 아니었기에 내 질문의 의도를 파악하려는 태도가 다였다. 정신분석학자이자 사회심리학자 에리히 프롬은 저서『사랑의 기술』에서 사랑은 '빠지는 것'이 아닌 '능동적으로 활동'하는 것이라고 말했다. 능동적인 방식은 '주는 사랑'이다. 비생산적인 사람들은 주는 것을 가난해지는 것으로 생각한다고 했다. 물질적인 관점에서도 부자의 의미는 '가진 자'가 아니라 '주는 자'라고했다.

예를 들어, 남녀의 육체적 사랑으로 이뤄지는 성기능조차 자기 자신을 서로에게 주는 것이라고 말했다. 엄마로서의 기능 역시 탯줄을 통해 아이에게 영양을 주고, 젖과 체온을 주는 사랑이며 주지 않는 것이 오히려 고통스럽다고 말했다. 그도 그럴 것이 적절한 모유를 공급하지 않으면 유선염이라는 출산에 버금가는 제2의 고통을 겪기도 한다.

인간은 완벽하지 않기 때문에 이기심, 질투, 탐욕 등을 종종 사랑이라 착각하곤 한다. 내가 생각하는 진심으로 사랑하는 사람의 태도를 2가지로 정리해보았다.

첫 번째, 사랑은 상대를 존중하는 태도다.

"다 내 자식 잘되라고 하는 말이야." 자녀가 잘되기를 바라는 마음에 자신의 탐욕이 있지 않은지 생각해봐야 한다. 나아가 자식이 꼭 잘되어야만 하는 이유를 생각해봐야 한다. 누구의 기준인지 몰라도, 잘되지 못한 삶은 잘못된 삶이라는 근원적 틀에서 벗어나야 한다. 그냥 살아가는 것두 잘사는 것이다.

"엄마가 딸한테 이런 말도 못 하니?" 자신의 부정적인 감정을 자녀에게 일방적으로 쏟아내며 자녀를 감정 쓰레기통으로 사용하는 이기심이 있을 수 있다.

"칠칠치 못하게 물건을 맨날 잃어버리고. 회사 생활도 이런 식으로 하니?" 물건을 맨날 잃어버리는 사람은 없다. 자녀의 취약점을 두고 다른 분야까지 싸잡아 매도하면 부모 자신은 그런 사람이 아니라는 만족감을 매수할 수 있다. 존스홉킨스 대학 정신과 지나영 교수는 성인 ADHD를 앓으며 자신의 물건을 실제로 자주 잃어버리고 다닌다. 그런 취약점에도 자신의 장점을 극대화시키는 전략으로 진료를 보며 사회생활 잘하고 있다.

두 번째, 사랑은 상대의 '내적 언어'를 이해하려는 마음이다.

"칠칠치 못하게 물건을 맨날 잃어버리고 다니고 사회생활도 이런 식으로 하니?" 앞선 이 문장 속 내적 의도를 이렇게 생각해볼 수 있다.

"나중에 더 큰 것도 잃어버릴까 걱정돼서 하는 이야기지?(본래 욕구꺼내기) 일어나지 않은 일을 상상까지 해서 비난하니 기분이 좋지 않네.(내 감정 표현) 미래의 나는 잘 성장할 수 있다고 믿어주면 좋겠다.(긍정적 기대) 혹시 내가 빠트린 게 있다면 잘 알려줄 수 있니?(해결방안 제시)"

코다CODA이며 농인의 아내인 구본순의 동화 에세이 『지수』

에서도 '내적 언어'가 잘 표현되어 있다. 수어를 할 수 있는 지수와 농인 준호의 언어가 '내적 언어'라는 생각이 들었다. 외적 언어는 억양이나 말투로 속마음을 감출 수 있다. 그러나 수어는 의도된 내용을 그대로 상대에게 직역하여 전달할 수 있다. 이는 사랑을 비유적으로 노래하는 '시'와 정반대의 낯선 영역으로써 심금을 울리는 부분이 있다. 아래 대화는 지수와 준호가 남이섬에서 데이트하며 수어로 대화한 장면이다.

사람들이 지수와 준호를 힐끔힐끔 쳐다보았다. 지수는 수어로 하는 둘만의 대화를 사랑의 암호처럼 주고받았다.

지수: [우리, 대화, 모르다, 아마]

준호: [사람들, 나, 농인, 착각, 아마, 맞다?]

지수: [하하, 맞다, 다른 사람, 신경, 필요 없다, 둘, 중요하다]

준호: [나, 농인, 자존감, 있다]

지수: [농인, 자존감?, 무슨, 뜻?]

준호: [농인, 창피, 없다, 농인, 자부심, 있다]

지수: ······.

준호는 지수를 빤히 바라봤다. 지수는 얼굴을 붉히며 입을 열었다.

지수: [음, 오늘, 부터, 일, 일?]

준호는 밝게 웃으며 지수의 손을 꼭 잡았다. 그렇게 지수와 준호의 사랑이 시작됐다.

프롬의 설명에 따르면, 어린아이의 사랑은 '나는 사랑받기 때문에 사랑받는다'는 원칙을 바탕으로 성장하여, 점차 사랑을 주고받는 기쁨을 누리는 단계에 이른다고 했다. 그리고 시간이 지나가면서 '주는 것'이 '받는 것'보다 더 만족스러워지고 즐거워지는 단계에 이르면, 자아도취와 고독과 고립이라는 감방에서 벗어나게 된다고 했다. 나는 어린 시절부터 내 감정을 드러내는 것은 부도덕한 것으로 여기는 분위기 속에서 타인의 감정부터 헤아리기를 요구받았다. 사랑을 '받기'보다 '주기'를 강요받았던 역기능적 환경에서 자란 '착한 아이'는 부모님에게 받아들여지고 의존적이게 됐다. '사랑받기 때문에 사랑받는다'라는 어린아이 단계의 사랑 원칙을 경험하지 못한 아이는 다음 단계로 성장하기는커녕 작고 무력하며 병들게 된다. 겉으로는 '주는 사랑'의 단계인 어른의 모습을 하고 있지만, 상대로부터 사랑받기를 강요하는 유아기적 형태로 나타나는 것이다. 자녀에게 바라는 보상과 조건적 사랑도 같은 맥락이다.

TV 예능 프로그램에서 한국의 '장녀'를 주제로 토론이 벌어진 적이 있었다. 게스트로 나온 범죄심리학과 이수정 교수는 나보다 타인의 중심으로 살아온 한국의 장녀 특징적인 점들을 나열하면서, 그들이 과연 '진정한 사랑을 경험하고 살아왔을까'라는 의문을 던지기도 했다.

장녀뿐 아니라 모든 자녀에게도 마찬가지다. 자아를 존중받지 못하고 성장한 이들은 자신이 왜 힘들고 짜증이 나는지 모르는 채 살아가는 경우가 많다. 그런 이들에게 심리학자들이 제시하는 해결책이 있다. 그것은 자신의 어두운 면을 회피하지 않고 정면으로 마주하는 용기를 갖는 것이다. 내면이 나로 충만해질수록 자녀에게도 충만한 사랑을 줄 수 있다. 의사가 기술 없이 사랑의 마음만으로 환자를 수술할 수 없듯이, 사랑도 지혜와 지식이 수반된 훈련이 필요하다.

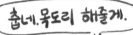

자녀는 풀지 못했던
마지막 퍼즐

"자녀가 원하는 삶을 살도록 돕는 엄마가 될 거야."

자연스러운 육아를 희망했지만, 내 마음 깊은 곳에서 내내 힘을 주고 있는 나를 발견했다. 세상이 요구하는 방식이 아닌, 아기 엄마로서 대지와 같은 안락함을 주고 싶었다. 다짐과 다른 나의 양육 방식에 당혹스럽기도 했다. 이유를 알고 싶었지만 알 수 없었던 '퍼즐' 조각을 염두에 둔 채 육아가 시작됐다.

첫째를 임신했을 때 나는 많은 산모와 마찬가지로 팔불출 산모였다. 태교를 위해 태아에게 말을 자주 걸었고 노래도 들려주었다. "지금은 달콤한 과일을 먹을 거야. 기대된다. 놀라지 마." 말을 건네고 음식을 먹으면 기특이(첫째 태명)는 달달한 양수를 먹고 흥분하여 태동으로 대답해주었다. 혼자 있어도 둘이었기에 소통이 가능했다.

나는 수중분만을 했는데, 긴장이 많은 내게 알맞은 환경이라고 느껴졌기 때문었다. 아기가 태어날 때부터 따뜻한 정서 속에서 자라났으면 좋겠다는 마음으로 자연 출산에 대해 공부했다.

당시 변수가 생기길 소망하는 것이 하나 있었다. 그것은 뱃속에서 거꾸로 자리 잡고 있는 아이가 자세를 바꿔 머리를 아래로 돌리는 것이었다. 고양이 자세 동작을 하면 태아가 자세를 바꾼다고 하던데 여러 가지 자세와 운동에도 별 소용이 없었다. 정기 검진을 다니던 가까운 산부인과 의사는 다음번 검진 때도 아기가 머리를 아래로 돌리지 않으면 제왕절개 수술 날짜를 잡자고 귀띔했다. 그 말을 듣고 자연 출산 병원들을 방문하여 상담하던 끝에 느낌이 맞는 조산사를 만났다.

"나는 의사보다 역아를 더 많이 받아봤어요. 역아 출산이 결코 어렵지 않아요. 통계적으로 출산 직후 예상치 못한 각종 이유로 신생아 사망이 발생할 수 있어요. 그 가능성은 역아 출산에도 마찬가지로 적용될 수 있는데, 역아는 소수의 상황이잖아요. 그래서 사망률이 더 두드러져 보이니까 위험하다는 인식이 생긴 거예요. 보통 역아 출산의 경우 제왕절개를 하는 사회 분위기이기도 하고요."

나는 태아, 조산사, 나의 협동에 믿음을 갖고 그 병원을 선택했다. 그럼에도 해볼 수 있는 건 해보자는 생각에 '역아 회전술'을 하는 대학병원을 찾았다. 역아 회전술이란 산모의 배에 태아 심장박동 측정기를 단 상태로 초음파를 이용하여 자궁 상태를 확인하면서 사람의 손으로 배를 직접 밀어 태아의 방향을 돌리는 것이었다. 역아 회전술을 한다는 그 의사의 진료 예약은 꽉 차 있었고 5~7%에 해당한다는 역아가 이렇게 많았나 싶었다.

시술 당일 담당 의사는 다른 의사들과 함께 내가 누워 있는 병실로 들어왔고, 준비를 마친 후 엄청난 집중과 힘을 발휘하여 태아를 돌리기 시작했다. 매일같이 땀을 뚝뚝 흘리며 힘들게 역아들을 돌려주는 이 의사의 일이 보통 일은 아니겠다는 오지랖도 부려보며 기특이가 자세를 바꿔주기만을 기다렸다. 몇 시간의 사투에도 불구하고 뚝심 좋은 기특이는 결코 움직일 생각이 없어 보였다. 의사들은 거친 숨을 몰아쉬며 포기하려는 듯했다. 그런데 아무리 생각해도 아기의 몸을 시계 방향이 아닌 반시계 방향으로 돌려야 할 것 같은 엄마만의 예감이 들어 한마디 끼어들었다.

"반시계 방향으로 다시 해보는 건 어떨까요?"

의사는 엄마만의 느낌을 믿어줬고 반시계 방향으로 돌리자 아기가 반절까지는 돌아갔다. 그런데 아기 머리가 내부 장기 어딘가에 막혀 더 이상 돌릴 수 없다는 느낌이 들자, 나는 왼편에 있던 다른 의사에게 다시 한번 부탁했다.

"제가 아기 머리를 살짝 가운데로 밀 테니 그때 돌려주세요. 자⋯ 지금이에요!"

꿈쩍도 하지 않던 기특이는 모두의 합심에 맞춰 거짓말처럼 머리를 아래로 돌렸다. 믿기지 않아 초음파 영상을 보고 재차 확인을 요청했다. 담당 의사는 "태명이 기특이라고? 기특이, 하나도 안 기특해!"라며 노고와 환희가 가득 찬 표정을 짓고 우르르 나갔다. 태아들은 자세를 여러 번 바꾸며 뒹굴뒹굴 놀기도 한다는데 기특이 양반께서는 37주 회전술에서야 최초로 자세를 바꾸셨으니 심신에도 큰 변화가 있었던 모양이다. 이튿날 배가 세차게 아팠고 셋째 날 아침 양수가 와르르 흘러나왔다.

조산사와 연락을 취한 후 집 근처 공원으로 가서 아기가 아래로 내려오도록 중력을 받으며 걷다가 아프면 멈추기를 반복했다. 공원에서 몇 시간을 보낸 뒤 더 밀려드는 고통 끝에 병원에 도착했다. 따스한 물을 받은 욕조에 들어가니 경직되었던 근육들이 풀리는 느낌을 받았다. 아기가 나오기 직전이 되자 고통의 강도는 저세상에나 있을 법했다. 수축이 막 시작되었을 때는 한의원에서 미리 받아 온 자궁수축 효과가 있는 불수산도 마셨다. 그렇게 진통 끝에 첫 아이를 만났다.

둘째를 출산할 때도 같은 조산사와 함께했는데, 자궁수축 호르몬 분비를 위하여 유축기로 유축을 시도했다. 그때 분비된 옥시토신은 자연 유도 촉진제가 되었고 얼마 지나지 않아 자궁수축이 세차게 밀려드는 신기한 경험을 했다. 그렇게 둘째도 같은 감동과 함께 세상에 나왔고 당시 4살 언니와 아빠가 탯줄을 함께 잘라주는 기쁨을 누 렸다.

『평화로운 출산 히프노버딩』이라는 자연 출산을 돕는 책에서는 '자기 최면 유도'를 통해 자기 몸에 고통을 줄이고 내보내는 방법을 훈련 한다. '히프노'는 최면, '버딩'은 출산이라는 뜻인데 임신기간 동안 자기 최면 명상과 연습을 통해 몸과 마음의 준비를 한다. 자연 출산은 산모와 태아의 건강상태를 확인한 후

의료 개입과 무통 주사는 최소화하고 아기가 원하는 때와 엄마의 애씀, 자연적인 자궁수축의 힘이 모아져 세상의 빛을 보도록 장려한다. 꽃 피는 시기가 모두 다르듯 아기가 세상에 나오는 시기도 모두 똑같이 40주가 아니라는 것이다. 그렇게 예외적 상황이 아닌 이상, 아기 스스로 세상 밖을 나오려는 때를 '기다려주는 것'으로 육아가 시작된다. 그때가 되면 신기하게도 엄마의 자궁경부는 느슨해지기 시작하고 아기도 시너지를 받아 안간힘을 쓰며 경부를 돌고 돌아 내려온다. 인간의 몸은 과학적이기도, 신비롭기도 한 이 느낌은 마치 대자연 앞에서 어찌할 수 없는 경이로움 또는 무서움과 같았다.

자궁수축이라는 파도의 힘을 느껴보면 인간의 의지와 생각이 얼마나 보잘것없는가 하는 생각이 들었다. 자연은 결코 성급하지 않다. 10분 간격, 5분 간격, 2분 규칙적인 간격으로 예고를 하며 파도와 같은 힘이 밀물처럼 밀려온다. 그때 파도의 힘을 이용하여 엄마도 온 힘을 보탠다. 그러면 아기도 영원한 세계인 줄 알았던 안온한 자궁을 박차고 미지의 세계로 온 힘을 다해 나오는 것이다. 수축이 잠시 사라지는 느낌은 파도의 썰물과도 같다. 그 상태에서는 고통이 거짓말처럼 사라져 엄마와 아기를 쉬게 했다. 다시 파도가 밀려오면 엄마는 다시 힘을 주고 아기는 온 힘을 다해 좀 더 떠밀려 나온다.

이 어마어마하고 규 칙적인 힘은 어디로부터 오는 힘인지 알지 못한다. 파도를 일으키는 자기장과 같은 자연의 신비다. 드디어 세상 밖으로 나온 한 생명은 우주에 나만의 별 행성을 구축한다.

압도적인 자연의 힘을 겪고 나니 출산 이전의 나는 어떤 사람이었을까 하는 생각이 든다. 엄마의 기능을 하기 전의 인생은 번식을 위해 신들이 짜고 치는 청춘 드라마였을까? 중학교 하굣길에서 친구가 물었던 "너는 결혼이 뭐라고 생각해? 나는 종족 번식의 일환일 뿐이라고 생각해."라는 말도 스쳐 지나갔다. 그렇다고 마냥 이러고 있을 시간이 없다. 눈앞에 아기는 자신의 생존 전략인 귀여움을 한껏 발산하며 엄마와 24시간을 함께하고 있었으니까.

아기는 물속에서 건져 올려져 탯줄 호흡을 유지한 채 엄마와 아빠의 가슴 위에서 캥거루 케어를 했다. 캥거루 케어는 인큐베이터에 있던 중환자 신생아의 회복률을 높이는 기적 같은 방식이다. 엄마의 숨결, 심장박동, 익숙한 목소리는 아기의 전부이고 우주다. 아기와 가족이 모두 함께 있으면서 너무나도 작고 소중한 아기가 용쓰고 나온 힘듦을 쓰다듬음을 통해 위로 받았다. 지금도 훈육을 하던 중 힘이 들 때면 가슴 위에 올려졌던 작은 아기 엉덩이를 떠올린다. 그러면 부족했던 모성애가 분출되고 있음을 느꼈다.

그때 건네온 조산사의 한마디도 떠올랐다.

"살펴 보니 아이의 탯줄 길이가 좀 짧은 편이네요. 혹시나 그래서 역아로 있었던 아닐지 생각해봤어요."

확실치 않지만 어떤 이유든, 아이의 모든 모습에는 원인이 있다.

첫째는 이러한 자신의 출생 과정을 들려달라고 자주 조르곤 했다. 그러면 나는 간절히 아기를 기다렸던 기도 내용부터 역아 회전술을 거쳐 끝내 아기를 만난 감동의 이야기를 생생하게 들려주었다.

"자, 이제 그만 잘 시간이다. 다음에 또 해줄게."

아이는 반짝이는 눈으로 탄생 이야기 속에서 자신이 사랑받고 있음을 재차 확인하고 기뻐했다. 엄마를 많이 사랑하고 사랑을 요구하는 아이는 그렇게 자신의 근간을 확인했다.

나를 자기 사랑의 길로 이끌어준 책 『오제은 교수의 자기 사랑 노트』의 저자 오제은 교수는, 누구나 자신의 아름다운 출생 이야기를 들을 권리가 있다고 했다. 그러나 나의 출생 이야기는 안타까웠다. 엄마는 내가 태어날 때 제대로 내려오지 않아 제왕절개를 하던 중 큰 위험에 빠졌다고 했다. 의사의 말로 의료 기술이 없던 옛날옛적이었으면 산모가 죽었을 거라는 이야기를 엄마는 내게 여러 번 들려주었다. 나는 그 이야기를 들을 때마다 안타까웠고 우리의 생존을 안도했다. 그러나 그 속에는 아기를 향한 기다림과 탄생의 기쁨보다는 세상에 나오겠다고 엄마를 위험에 빠트린 아기가 있을 뿐이었다. 첫째가 역아로 있었을 당시 "아기가 엄마를 힘들게 하네."라는 타인의 아무 말이 그래서 불편했었나 보다. 아이는 자기를 방어하고 보호하기 위한 최적의상태로 있을 뿐이고, 부모는 할 수 있는 한 최선을 다해 자녀를 도울 뿐이다. 서로 간에 죄책감이나 미안함을 지우는 것은 부담을 준다. 그것을 대신할 감정은 그럼에도 불구하고 이렇게 잘 살아 있게 된 것에 대한 기쁨과 고마움 그리고 사랑이다.

아이의 얼굴을 오래 들여다보니, 알고자 했던 퍼즐 조각이 무엇인지 알게 됐다. 그것은 나의 근간이었다. 출생 이야기를 듣는 딸의 행복한 얼굴에서, 어쩌면 나 자신의 탄생의 기쁨도 발견하고자 했는지 모르겠다.

내가 본 가장
지혜로운 노인

지금까지는 닮고 싶은 롤 모델이 딱히 없었다. 삶의 기준이 확실치 않았던 방황의 시기에 '어떻게 사는가?' 또는 '왜 사는가?'라는 질문이 내게 다가왔다. 그리고 문득 외할머니가 떠올랐다. 할머니는 자신을 잘 알고 명확한 소명으로 삶을 꾸려나가는 분이었다. 주변에 단 한 사람이라도 믿고 지지해주는 사람이 있다면 그 아이는 잘 자랄 수 있다는 말이 있듯이, 나를 위해 기도해주시는 할머니가 내게는 그런 존재였다. 거리감이 느껴지는 어떤 유명인이나 책 속 인물보다 실제 삶으로 내게 관여하셨던 할머니의 모습이 훨씬 희망적이었다.

사람은 직접 보고 배운 것 중 나쁜 것은 따라 하기 쉽고 가장 좋은 것은 알아보는 능력이 있다고 한다. 가깝게 본 중 가장 좋은 할머니의 모습이 나의 모습인 줄 알았다. 그런데 알고 보니, 스스로 존재가치가 낮다고 생각했던 실제 나와 할머니와의 간극이 커 그렇게 괴로웠나 보다.

어릴 적 할머니가 우리집에 와 계시는 며칠은 천국이었다.

그동안은 아빠도 장모님 앞이라는 생각에 그랬는지 날카로운 발톱을 숨기고 순한 양이 됐다. 밖에서 놀고 있으면 동네 어귀에 나타난 할머니는 부모님에게서 볼 수 없던 따뜻한 사랑의 눈빛을 보여주셨다. 그러고선 동네 한쪽 널찍한 계단에 앉아 계신 나의 친할머니에게 다가갔다. 말년까지도 얼굴에 걱정과 고통이 가득한 친할머니 앞에 함께 앉아 안부를 주고받은 후 손을 꼭 잡고 사돈의 편안한 여생과 사후를 위한 통성기도를 해주셨다. 그렇게 사람의 영혼에 숨을 불어넣는 일이 외할머니의 소명이었다.

엄마와의 일로 마음이 심해로 가라앉던 나날, 나는 외할머니를 의심하고 원망하기도 했다. 엄마의 언어 방식과 태도는 누구한테서 온 걸까? 한 아이를 키우는데 온 마을 사람의 정성이 필요하다는 아프리카 속담처럼 꼭 한 사람만의 영향은 아닐 것이다. 기질, 신념, 개인적 경험, 형제, 친구, 학교 등 경험, 지식, 영성의 총합이 오늘날의 '나'라는 사람일 것이다. 엄마와 나의 우주는 애초에 달랐다.

할머니는 내가 30살이 될 때까지 살포시 왔다 간 천사였지만 이전의 삶은 마냥 평안하지만은 않았다고 했다. 전래 동화처럼 멀게 느껴졌던 할머니 과거사는 내가 불혹이 되어서야 피부로 다가왔다. 할머니는 5남매에게 제각각 다른 어머니이기도 했다. 큰삼촌과 큰이모, 작은이모는 외할머니가 엄격하신 분이었다고 했고, 나의 엄마와 막냇삼촌은 친근한 분이었다고 했다. 특히 뭐든 솜씨가 좋은 할머니를 닮아 살림 밑천 노릇을 도 맡았던 작은이모는 할머니를 가장 사랑하면서도 평생 서운함을 느꼈다고 한다. 엄마는 할머니에게 따스함을 느꼈을지라도 이모, 삼촌들에게 말씀하시는 할머니의 엄격한 언어가 귀로 들어왔을지도 모르겠다. 관계 심리 전문가 김지윤 소장이 했던 말이 떠올랐다. 사회생활을 하다가 자기주장이 강하고 억울해 보이는 사람을 만나거든 혹시 '중간에 끼인 둘째'냐고 물어보고, 그렇다고 하면 깊은 공감을 건네라고.

1928년생이신 할머니는 그 옛날에 여자인데도 어머니가 유치원에 3년을 보냈을 만큼 기대가 컸다고 했다. 전쟁 중에는 막냇동생과 가족 같은 지인을 잃어버렸다. 죽음에 대한 두려움과 가족을 잃은 장녀로서 죄책감과 고통은 엄청났을 것이다. 휴전 후, 직장을 그만두고 종갓집 장손 외할아버지와 결혼하여 서울에 올라가 5남매를 낳고 부유하게 살았다. 그러나 움켜쥐었던 젊은 날의 욕망만큼이나 크나큰 고통이 찾아왔다. 할아버지가 뇌출혈로 쓰러져 자리에 눕게 되었고, 할머니는 그렇게 할아버지를 간병하고 시어머니를 모시면서 5남매도 길러야 했다. 은행도 변변치 않던 시절이라 계를 하고 있었는데 계주가 큰돈을 들고 도망갔고, 운영했던 사업장들은 하나둘씩 다른 사람에게 넘어갔다. 물질만을 추구하며 따랐던 주변 사람들은 등을 돌렸다.

그 당시 할머니는 감당하고 책임져야 할 삶이 너무 버거운 나머지 밖에서 헛소리를 하셨다고 했다. 그리고 그동안 자신을 힘들게 했던 사람들을 찾아가 깽판을 쳐서 동네 사람들은 할머니에게 악귀가 씌었다고 했다. 죽지 못해 차라리 미치는 것을 택했던 그 시간은 할머니 자신을 위하여 절대적으로 필요한 시간이었을 것이다.

학창 시절의 엄마는 그런 할머니의 모습을 보고 들으며 무척 두려웠을 것이다. 장녀로 태어나 '나'로 살 수 없었던 할머니에게 머물던 이상과 현실의 괴리가 크면 클수록 괴로웠 을 거라는 생각이 들었다. 할머니는 수많은 역할을 해낸 뒤 발견한 텅 비어 있던 내면 앞에 얼마나 공허하고 두려웠을까?

이후 하나님의 음성을 듣게 된 할머니는 기독교로 개종하셨고 치유의 길이 열렸다. 그 길도 다사다난했지만 하나님의 비전을 확신하여 믿음 생활을 했고 공부했으며, 결국 내가 아는 할머니로 거듭나셨다. 이는 쉽게 얻어진 평안함이 아니고, 지속된 힘듦이 터져버렸기에 분기점을 맞이한 것이었다.

외할머니는 향년 86세로 지병도 없이 가족들과의 정도 안 떼고 하늘의 부르심을 받았다. 일요일 아침 몇 시간 만에 맞이한 죽음 이후로 할머니는 나의 롤모델이 됐다. 할머니는 전날 밤12시까지 증손주의 옷을 지어 피아노 뚜껑 위에 올려두고 잠에 드셨다. 우리집 냉장고에는 할머니가 3주 전쯤 오셔서 만들어주신 김치도 남아 있었다. 믿기지 않았다. 일주일 전 할아버지가 할머니 꿈에 나타나신 것으로 죽음을 예견하셔서 그렇게 바쁘셨나 보다. 돌아가신 지 6일째 되던 날, 할머니는 내 꿈에 나오셔서 한동안 내 곁에 머무르셨다. 가시는 날까지 자신의 일상을 소중하고 충만하게 살아가는 모습을 통해 가족들에게 귀감이 되어주셨다.

갑작스러운 슬픔을 애도하기 위해 할머니를 위한 회고록이 집필됐다. 자녀와 손주들의 편지에는 저마다 자신이 할머니와 제일 닮았고, 가장 사랑받은 자식이었다고 썼다. 평소 할머니께서 쓰시던 글과 좋은 문장들을 담은 삶의 지침들도 책에 담겼다. 예전에는 이런 지혜의 말들을 주의 깊게 읽진 않았는데, 지금 시점에 보니 가슴에 깊이 와닿는 글들이었다.

돈이 생기면 우선 책을 사라는 말, 지식은 도구가 되고 지혜는 도구를 쓰는 방법을 아는 것, 사랑의 힘, 산책과 명상과 호흡, 섬기는 사람의 태도, 교만에 빠지지 않는 법, 좋아하는 일을 하는 법, 귀는 언제나 열려 있고 입은 닫도록 되어 있다는 말, 정서 지능이 높은 사람, 잠자리를 깨끗이 마련하라는 말, 전문가들이 말하는 발의 해부학적 구조와 뼈 개수 등 발 건강 관리법, 남을 헐뜯는 사람의 모습, 자아실현의 길, 뇌세포와 기억력을 위한 음식, 레오나르도 다빈치의 지혜, 톨스토이의 말, 가장 아름다운 사람에 대한 글, 유대의 속담, 자기 자랑하는 사람은 내용이 없음을 스스로 폭로하는 것과 같아 간접이든 직접이든 일체 삼가라는 말, 걱정을 왜 하냐는 말, 여성이 노예에서 주인으로 변화하는 시대가 찾아왔다는 말, 정신적으로 건강한 노인 교육의 필요성, 결혼이란 어딘가 부족한 남자와 뭔가 모자라는 여자가 만나 공백을 서로 메꾸어가는 것이고 나쁜 인연이란 없다는 글 등 책을 읽지 않는 자녀들을 위한 지침서를 마련하던 중이셨다.

만약 할머니가 지금까지 살아계셨다면 육아나 삶의 지혜를 얻기 위해 얼마나 많은 대화를 요청했을까 싶다. 할머니는 다독, 성경 통독, 심리 상담 봉사, 선교 봉사 등 꾸준한 공부와 실천으로 아름다운 사람으로 늙어가셨다. 항상 주무시기 전까지 굽어서 힘든 등과 시린 눈으로 새벽까지 독서하셨다.

할머니는 자녀들의 존경과 사랑을 받는 방법에 있어서도 지혜로우셨다. 그런 처세술 학원을 다니셨나 싶었는데, 책 속 지혜를 실제 삶에 적용하는 실천주의자셨던 것이다. 할머니의 아침 루틴은 항상 같았다. 기상 후에는 나와 가족을 위해 기도하셨고 스트레칭을 한 후 산책을 나가셨다.

한번은 밤거리에 한 남학생을 둘러싸 괴롭히는 날라리 학생들을 보고 할머니가 가방을 던져 도망가게 한 사건이 있었다. 나 같으면 뒤에서 몰래 경찰에 신고했을 텐데 천국을 보장받은 할머니에게 두려울 게 없었다. 할머니는 자신을 사랑한 만큼 후미진 곳에서부터 넓은 곳까지 타인을 사랑하고 이롭게 하는 분이었다. 그것은 할머니가 삶을 어떻게, 왜 살아야 하는지를 설명할 수 있는 이승에서의 소명이었다. 나이가 들어감에 따라 서운함이 늘어날 텐데 할머니의 입에서는 불안과 서운함보다 타인의 마음을 배려하는 말이 쏟아져 나왔다.

돌아가시기 3주 전 어느 날이다. 할머니와 나는 지하철역을 가기 위해 버스 정류장 앞에 섰다. 할머니는 교회로, 나는 약속 장소로 향하기 위해서였다. 나는 정류장 벤치에 앉은 사랑스러운 할머니의 백발 머리칼부터 발끝까지 훑어보았다. 마치 사귄 지 얼마 안 된 남자친구를 바라보듯 말이다.

"할머니 두꺼운 성경책 안 가지고 다니시네요?"

"핸드폰에 성경 앱이 다 있는데 뭘."

"할머니, 입술도 빨갛게 발랐네?"

"나는 집에 있을 때도 예쁘게 단장해. 나 자신을 위해서."

86세 권사님은 3개월 전 최초로 장만한 스마트폰 화면을 야무지게 터치하고 있었다. 교회 어르신들은 성경 앱이 있더라도 성경책을 꼭 가지고 다니라고 잔소리하곤 하는데, 할머니의 생각은 달랐다. 성경을 보는 자세보다 성경을 보는 것 자체가 중요하다는 뒷말을 붙이지 않고 오직 행동으로 보여주셨다. 교회와 할머니의 방에는 필사를 위한 대형 성경책이 따로 있었고, 가방 속에는 읽고 계시는 책이 항상 바뀌어 있었다.

자녀에 관한 한 부모가 무능해야 한다는 박우란 박사의 말에 적합하면서도 무색하기도 한 할머니는 삶의 태도로써 자녀들 앞에 우뚝 섰다. 부작용이라면, 나의 엄마는 1928년생 K-장녀 할머니의 삶과 고난과 역경의 삶을 기준으로 놓고, 그 정도가 아니면 고난도 아니라는 암묵적 기준으로 나를 대했다는 점이다. 어린 시절의 엄마는 힘들어하시는 할머니 앞에 무력했던 자신의 감정을 해석하지 못하고 외면해야 했다. 그게 엄마 탓은 아니기에 억울한 마음도 들었을 것이다. 그런 마음들은 쌓여 다음 세대에게 대물림되었고, 그로 인해 힘들어하는 자녀의 감정을 엄마는 공감해주지 못했다.

정작 인생의 후반기에 할머니는 자아 성찰을 통해 다른 누구의 삶이 아닌 자신만의 삶을 사는 데 열중하셨다. 그로 인해 채워진 내면의 힘으로 타인을 사랑하셨다. 할머니의 타고난 인정 욕구와 앎을 위한 열망, 경험과 공부와 독서를 통한 지혜, 사랑의 영혼 등이 결합되어 불어온 나비효과는 자녀들의 삶에 닥치는 필연적 고난을 버티게 하는 훈풍이 되어주기도 했다.

돌아가신 할머니를 마지막으로 마주하는 자리에 섰다. 얼굴에는 평온하고 귀여운 미소가 어렸다. 할머니가 내게 주셨던 손길처럼 자연스레 백발 머리칼을 쓸어 넘기니 따스한 온기가 남아 있는 듯 부드러웠다. 죽음 이후에 여한이 없어 보이는 할머니의 평온한 얼굴을 보며 나도 그런 삶을 살고 싶다는 생각이 들었다.

과거와 현재를
넘나들었던 시간 여행

과거와 현재를 넘나들며 나를 돌아보는 일은 흥미로운 시간 여행이었다. 더불어 아이에게 좋은 정서를 대물림하기 위한 노력은 나를 다각도로 객관화하는 자산이 되어갔다. 여러 방법을 통한 마음챙김과 심리 상담, 작은 승화의 반복은 평안함의 분포를 넓혀갔다. 정신과 의사인 윤우상 원장의 저서 『엄마 심리 수업』에는 내가 고민하며 가닿고자 했던 것들이 정리되어 있었다. 그는 엄마의 무의식 비밀코드 2가지를 밝혔다. 그것은 바로 '엄마 냄새'와 '엄마 색안경'이었다.

먼저 나의 심리 상담 내용을 예를 들어보려고 한다. 집 근처 공원으로 외출하기 직전이었다. 배고프다는 첫째에게 김에다가 밥과 김치를 넣어서 먹여주었다. 아이는 짜증 섞인 목소리로 김치를 일일이 다 빼달라고 했다. 지난번엔 김치를 꼭 넣어달라고 당부했던 말과 달랐다. 이미 다 만들었으니 그냥 먹으라고 했지만 첫째는 눈물을 보이며 떼를 썼다. 그다음으로 옷에 단추가 안 잠긴다며 떼가 이어졌고 이쯤에서 나도 화가 스멀스멀 올라왔다. 지난주 인내심 만렙을 앞두고 버럭 화를 내어 물거품이 되어버린 일을 떠올리며 심호흡을 했다. '그래. 모든 모습에는 이유가 있다.'라며 마음을 진정시켰다. 일단 김치를 일일이 다 빼주고 단추도 잠가주었다. 훈련을 통해 감정 조절과 인내심을 발휘하고 있었지만 마음속 갑갑함에서 자유롭지 못했다.

심리 상담 날이 되자, 이 상황에 대해 질문했다. 상담을 마치니 역시나 못마땅하게 느껴졌던 행동들이 기특함으로 변환되는 체험을 했다. 아이를 바라보는 시선이 바뀐 것이다. 게다가 곰곰이 생각해보니, 아이가 선택한 양말 말고 운동화에 적합한 더 얇은 양말을 신으라고 반강제로 밀어붙인 일이 떠올랐다. 아이는 김치를 통해 억울하게 눌린 자발성을 회복시키려고했다. 엄마가 하라는 대로, 정해주는 대로 살기 싫은 마음을 아이다운 방법으로 표현한 것이다. 나도 "엄마가 하라는 대로 하면 자다가도 떡이 생겨."라는 말을 좋아하지 않는다.

윤우상 원장은 이렇게 설명했다. 엄마가 아이를 귀여워하는 마음으로 보면 아이는 어딜 가나 귀여운 냄새를 풍기고 사람들은 아이를 귀여워하게 된다고. 반대로 엄마가 아이를 못났다고 생각하면 아이 몸에 못난 냄새가 배어 자기도 모르게 그 냄새를 풍기며, 사람들은 아이를 못난 아이로 취급한다는 것이다.

그에게 정신과 상담을 받았던 어느 학교 선생님은 이상하게 미움을 끌어당기는 그런 사람이었다고 했다. 이야기를 들어보니 학교 선생님의 어머니가 그녀를 바라보는 시선에 이유가 있었다. 어머니는 자녀 걱정을 지나치게 많이 한 나머지 자주 전화해서 이거 해라 저거 해라 꼬치꼬치 따지고 간섭했다. 자녀를 어린아이 취급했고, 한심하다는 듯이 한숨을 쉬기도 했다. 늘 성에 차지 않아 했고 당신 손으로 다시 직접하는 등의 면모를 보였다고 했다.

윤우상 원장은 잔소리에 대해서도 언급했다. 나는 대한민국의 '잔소리'가 상당히 미화되어 있다고 생각한다. 잔소리는 일상을 옥죄이는 '생활 언어 폭력'이다. 잔소리를 하지 않고도 우리는 평화로운 '생활 언어 지도'를 할 수 있다. 나도 모르게 내뱉는 잔소리가 생활에 압도적으로 많이 분포할수록 아이는 완벽을 추구해야 한다고 이해한다고 생각한다.

이를테면, 둘째 아이가 식탁에서 내려와 반대편으로 자리를 옮길 때 내 입장에서는 몸만 먼저 내려온 후 주스를 옮겼으면 했지만, 둘째는 처음부터 주스를 철렁철렁 손에 들고 동시에 자리를 옮기려고 했다. 그 모습에 관여하고 싶은 나의 무의식적인 간섭을 끊어내야 했다.

윤우상 원장은 아이에게 불안을 전달하는 대신 차라리 엄마가 불안한 게 낫다고 했다. 아이는 실수로 주스를 흘려도 된다는 집안 분위기와 다양한 실패 경험을 통해 스스로 사고하는 능력을 발달시킬 수 있다. 아이가 실수하는 모습에 집중하며 호들갑을 떨거나 비난하기보다, 무심한 듯 수건을 건네주면 4살 아이도 스스로 해결하는 법을 생각하고 배울 수 있다. 나는 이게 참 어려워서 자꾸 몸이 나가곤 했다. 평생을 죽기 아니면 살기로 살아왔기 때문일 것이다.

그래도 마음챙김을 훈련하면서 많이 나아졌다. 10번 중 8번을 참기 어려워했다면 점차 5번으로 줄여나갈 수 있었다. 실패해도 세상을 향해 다시 도전하면 된다는 생각은 일상의 사소한 경험들이 누적되어 자리 잡는다. 구름 너머 원대한 이상이 아닌 현실에 가장 작아보이는 일부터 손을 뻗게 해줄 용기를 준다. 잔소리가 많은 불안한 사람 역시 완벽하지 않을 바에 아예 시도하지 않는 것으로 실패율 0%인 자신의 모습에 안심한다. 그러나 지울 수 없는 불편한 마음을 해소하기 위해 주변인을 닦달하거나 남의 작은 시도와 성공을 별것 아닌 일로 깎아내리는 마음역시 100% 자아 투사다.

엄마들은 자신이 언제나 아이를 위해 정의와 선을 추구하는 사람이라고 생각하기에 자신의 생각과 행동이 옳다고 믿는다. 윤우상 원장은 아이를 존중하고 자유롭게 해준 엄마는 결과적으로 가장 큰 것을 얻는데, 그것은 아이의 마음이라고 했다. 자존감은 평생을 살아가는 밑천이 된다. 물론 엄마들도 아이가 미웠다 좋았다 하며 아이에게 악썼다 후회했다 한다며, 그렇기 때문에 꾸준히 노력하고 훈련하기를 격려했다.

과거와 현재의 시간 여행 왕복 티켓을 처음 손에 쥐었을 때는 매우 두렵고 힘들었다. 그런데 이제는 낯선 여행길이 제법 익숙한 동네 같다. 마음처럼 잘 되지 않을 때도 있다. 발전하는 그래프는 언제나 그렇듯 하향을 포함한 우상향 곡선을 그리기 때문이다. 이제는 아이를 더욱 사랑하고자 한다면 아이의 모습 안에서 답을 구해도 되겠다는 생각이 들었다. 부족한 엄마를 있는 그대로 사랑해주는 아이의 모습을 보고 내가 배우는 것이다. 이것이 내가 얻은 결론이다.

오늘도 작은 숲과 동식물을 품고 있는 동네 공원에 왔다. 저 멀리 뛰어갔다가 돌아오고 있는 첫째 아이의 실루엣에서 어린 내가 보였다. 나는 어린 시절의 내 모습을 후회하고 좋아하고 미워했구나. 내 딸에게 그런 엄마 냄새를 풍겼구나. 꽃들을 가르며 달려온 강아지 같은 딸은 여느 때와 같이 내 배에 파묻히며 나를 안아주었다. 색안경 밖으론 그저 작고 사랑스러운 아이가 내 눈을 바라보며 서 있었다.

사랑의 눈빛
3초의 마법

사회 곳곳의 크고 작은 폭력은 자신을 구출할 수 없었던 작은 곳에서부터 시작된다. 그 시작은 원가정인 경우가 많다. 초기 골든타임에 실패한 애착 형성은 '생각하는 인간'이라는 사실을 비웃을 만큼 평생의 정서를 좌지우지하기 쉽다. 가족관계, 연인, 군대, 직장 내 괴롭힘과 폭력 등 집단과 관계를 위해 개인의 작은 불행을 견뎌내는 것이 미덕이라고 부추길수록 약자들의 희생이 늘어난다. 문제는 그 약자가 어린 생명이라는 사실이다. 자신을 보호할 최소한의 공격성마저 억눌린 이들의 삶은 잔혹 동화 그 자체다.

디즈니 애니메이션 〈라푼젤〉에서 라푼젤을 딸 삼아 긴 머리를 빗겨주고 먹이고 재운 마녀는 라푼젤에게 세상 밖은 두려운 곳이라고 말했다. 절대 나가선 안 된다는 말 이면에는 마녀 자신의 욕망도 존재했다. 마녀 스스로도 라푼젤을 사랑한다고 믿었고, 라푼젤이 성을 떠났을 때 슬퍼하고 불안해했다. 하지만 마녀는 라푼젤을 진정으로 사랑하지 않았기에 포용보다 독단적인 파괴를 꿈꿨다.

현실을 분별하게 된 라푼젤은 세상 밖에서 온 남자의 말을 통해 희망의 세계를 믿고 두려움을 떨쳐내며 몸을 던지는 용기로 자신만의 삶을 살 수 있었다.

마녀의 속성은 우리 인간의 속성이기도 하다. 그것을 인정하고 끊임없이 자신을 돌아보는 사람은 오롯한 '나의 삶'을 살아갈 수 있다. 실제 모습보다 물에 비친 자신의 이미지를 더 좋아했다는 나르시시스트는 자기애를 버리는 것이 자신이 지켜온 삶을 파괴할 틈이라고 여겼다. 사실 그 틈은 세상으로부터 들어오는 구원의 빛이 들어올 통로였는데도 말이다.

세상은 참 아름답지만, 아름답기만 한 것은 아니다. 어둠을 들여다보아야 별을 발견할 수 있듯이, 고통을 들여다보아야 비로소 행복의 가치를 발견할 수 있다. 세상의 악을 원천 봉쇄할 수는 없겠지만 적어도 악에 매몰되지 않도록 분별해야 한다. 아이가 가장 처음 악을 접하게 될 때 부모는 심각하지 않은 태도로 아이들을 가르칠 수 있어야 한다.

나의 부모님은 기존 기조를 유지하는 게 여러모로 더 낫다고 생각했는지 내 마음속 심해까지 들여다봐주진 않았지만 그런 태도가 이해도 됐다. 부모님에게 통제할 수 없는 것은 여전히 위험하고 두려운 것이기 때문이다. 정면 돌파든 회피든 상관없이 부모님에게는 자기 자신을 지키는 것이 가장 중요했다.

『행복의 기원』이라는 책을 쓰고 행복을 연구하는 서은국 교수는 인간을 '생존과 번식을 위한 생물학적 기계'라고 표현했다. 썩은 과일보다 신선하고 예쁜 과일을 선택하는 것을 '좋다'고 생각하여 손을 뻗어 건강을 유지하듯 말이다. 또한 고차원적인 지능을 가진 호모 사피엔스는 감정을 이용하여 즐거움 느끼고, 서로 간의 호의적 환경 속에서 행복감을 느끼며, 이러한 인간이 먹이사슬의 꼭대기에서 발전을 이루게 된 데에 이유가 있다고 말했다.

그러나 관계망 속에는 맹점도 존재한다. 전세계적으로 개인보다 가족 집단의 행복을 중요시하는 국가일수록 유독 행복감이 낮다고 했는데 한국, 일본, 싱가포르와 같은 국가들이 그 증거가 될 수 있다고 했다.

서은국 교수는 가족이 기능이란 서로의 행복을 지지하고 서포트하는 것이며, 한국만의 유교적 가족 형식에 맞춰 '가족이 제일 중요하니까 개인적인 일은 다 취소하고 와!'라는 등의 의무와 책임은 행복을 저해한다고 했다. 오히려 소소한 일상에서 마주하는 주변 사람들 간의 따스함, 즐거움 등을 여러 번 누적한 총합이 인간을 더욱 행복하게 해줄 수 있다고 덧붙였다.

만약에 당신이 험난한 산에서 행복을 찾아헤매는 중이라고 치자. 도중에 길을 가로막은 도랑을 만났다. 이 도랑을 넘어갈

지 말지 고민이 된다. 다리 근육과 무릎 상태를 가장 잘 아는 사람은 자기 자신이다. 복합적인 상황을 고려했을 때 도랑을 뛰어넘으면 3개월 정도는 다리를 쩔뚝거리겠지만 건너는 게 낫겠다고 결론 내릴 수 있다. 넘기는 싫고 넘고도 싶은 혼란스러운 마음이 계속된다면 그 속에 박혀 있는 나의 욕망이 무엇인지 따라가보면 된다. 남들이 보기에 아무 것도 아닌 도랑일지라도 나만의 도랑을 건널 때 수많은 두려움이 엄습할 수 있다. 건너다 발을 헛디뎌 영영 돌아오지 못할 것만 같은 걱정도 될 것이다. 그런데 이제는 말할 수 있다. 건너도 된다고. 건너다 넘어지면 다시 일어나면 된다.

라푼젤이 성 밖으로 나와 맨땅을 밟는 것은 파격적이고 두려운 일이었듯, 이 글이 세상 밖으로 나가면 나는 죽음에 이를지도 모른다는 두려움에 영혼까지 저당잡혀 있었다. 한 인간으로 태어나 내 영이 자유롭지 못하다면 그 삶은 과연 의미가 있을까? 그러나 중요한 사실은 나는 죽지 않는다는 것이다. 내 마음이 이끄는 대로 나의 행복을 찾아 건너가도 된다. 이 당연한 사실을 받아들이는 것이 뭐가 그렇게 어려웠을까. 대상이 부모일지라도 나를 나답지 않게 만드는 사람들로부터 벗어나 온전한 나로 살아가려는 결심은 슬픈 일이 아니다. 축하받을 일이다. 여러 겹의 마음챙김을 통해 내 안에 쌓여 있던 괴로움이 많이 배출된 기분이 들었다. 충만해지기도 했지만 죄책감이 드는 건 당연했다. 그 모든 감정이 결코 잘못된 감정이 아니다.

어느 날은 첫째가 소풍에서 가져온 식판을 설거지하던 중 남아 있던 밥풀과 반찬 자욱들을 보았다. 맛있게 숟가락을 빨고 그릇을 긁어먹었을 모습을 상상하니 가슴속에 기특하고 귀여움이 차올랐다. 엄마도 어릴적 내 도시락통을 설거지할 때 같은 마음을 느꼈을까?

"멸치는 맛있었어? 다 먹었네? 이건 모자라지 않았어?"

학창 시절 내게 묻던 엄마의 질문들도 들렸다. 오랫동안 부정성에 머무르면서 그것들을 밖으로 꺼냈다. 마음속 밑바닥에 눌려 있던 엄마와의 행복했던 기억들도 하나둘씩 떠올랐다. 정체 모를 좋은 호르몬이 혈관을 타고 도는 게 느껴졌다. 그렇다고 해서 곧바로 엄마와 자주 연락하고 만나게 된 것은 아니다. 우선은 내 안의 부정성과 행복했던 기억을 분리해 내 것으로 가져올 것이다.

정말 오랜만에 심리 상담 센터를 방문한 날, 마음이 편안했던 이유는 지금의 나를 지긋이 바라보았던 선생님의 눈빛 때문이었다. 그것은 잊고 있었던 나의 외할머니의 익숙한 눈빛과 비슷했다. 따끈따끈한 그 눈빛은 나를 통해 딸들에게도 전해졌다. 아이들은 우리의 시간이 영원치 않음을 알아차린 듯 내게 말을 건넸다.

첫째　　엄마는 언제 할머니 돼?

나　　　한참 멀었지. 더 더 나중에 너희들이 어른이 되어서 결혼도 하고 아기도 낳으면 할머니가 돼.

첫째 　　엄마가 하늘나라 가기 전까지 엄청 사랑해줄 거야.

나 　　　정말? 엄마는 너희들을 영원히 사랑할 거야.

둘째 　　엄마 아빠, 나도 사랑해!

남편 　　그렇게 예쁜 말을 해주다니…. 우리 딸들 참 아름답다. 그런데 아름답다의 '아름'이 무슨 뜻인 줄 알아?

첫째 　　무슨 뜻인데?

남편 　　'아름'은 바로 '나'라는 뜻이래. 나다울 때 가장 아름다울 수 있다는 뜻이지. 너희도 너희답게, 아름답게 살아가길 바랄게. 딸들 웃는 얼굴이 참 아름답다.

나 　　　어머나, 그런 뜻이라니. 정말 감동적인 말이야….

어둡고 긴긴 터널을 지나는 것 같던 날들 속에서 아름다움이라는 단어를 통해 '나'로 살아가야 할 이유를 오늘 하나 더 알게 되었다. 과거를 돌아보며 아파하는 일은 이제 끝났다고 나에게 선포한다. 그것은 지금의 나를 연단케 해준 고마운 역사일 뿐 그 이상도 이하도 아니다. 이제부터는 나를 가장 아름답게 만드는 환경에 나를 데려다 놓기 위해 최선을 다할 것이다. 내 안에 살아 있었던 작은 불꽃의 정체, '사랑의 눈빛'에 다시 장작을 쌓고 불을 지피는 일에 열중할 것이다.

자신을 충만하게 사랑하는 사람은 그 힘으로 자연스레 아이와 타인을 사랑할 수 있다. 자기 사랑의 길로 들어선 내게 더욱 풍요로워질 미래가 기다리고 있다는 사실이 매우 설레고 흥분된다.

아이들은 생각보다 빠르게 자라고 있고, 아이들과 함께 누리는 하루하루가 소중하다. 사랑하는 아이들과 남편을 위해, 무엇보다 가장 소중한 나 자신을 위해 이 마음챙김의 여정을 꾸준히 걸어가야겠다고 다짐한다.

진정한 '나'로 살아갈
용기를 찾는 모든 이들에게

"우리 자세한 이야기는 만나서 하자."

전화로 2시간이나 수다를 떨어놓고도 끊으면서 다음을 기약한다는 우스갯소리가 있다. 사적인 소통을 더욱 가능케 한 고등학교 시절 첫 공짜 핸드폰의 기억부터 최근까지 이어져온 사회적 메시지가 있다. 바로 '나' 메시지다. 당시 이동통신사는 'Na' 멤버십에 가입하면 '나'로 살아갈 수 있다며 CF 스타를 통해 대중의 옆구리를 쿡쿡 찔렀다. 한 의류브랜드는 특정 청바지를 입으면 '나는 나'라고 말할 수 있다고 광고했다. 한 드라마에서 원빈이 말했던 "나다운 게 뭔데?"라는 대사는 꽤 오래 유행하기도 했다.

그런데 지금까지도 '나' 메시지가 여전한 걸 보면 한국 사회관계망은 나의 욕구를 드러내기에는 어지간히 촘촘한가 보다. 이토록 집단의 관계를 중요시하는 한국인에게 인생에서 가장 중요한 가치가 무엇인지 질문하자 많은 사람이 '돈'이라고 답했고, 반대로 개인주의를 지향하는 미국 사람들은 '가족'이라고 답했다고 한다. 참 아이러니하다.

자본이든 계몽이든 지능적인 기업들은 공부하고 연구하여 대중의 마음을 읽었고 또 얻었다. 가장 '개인적인 것'이 가장 창의적인 것이라는 스승의 말을 새긴 봉준호 감독은 영화 〈기생충〉을 만들었다. K-POP의 글로벌 열풍의 초기 개척자인 JYP는 걸그룹 '원더걸스'와 자신이 가지고 있던 본연의 콘셉트인 흑인 풍을 가지고 미국 시장에 진출했다. 20여 년 전 지인은 '가장 한국적인 것이 가장 세계적인 것'이라는 메시지로 한국 전통의 미를 살린 패키지 디자인 고급화를 고민했다.

어딘가 부족해 보이더라도 일찌감치 작은 단위의 '나'로부터 출발한 사람들은 어느새 소비자가 아닌 생산자가 되어 있었다. 생산자는 움켜쥐고 있는 자기애가 아닌, 세상으로 뻗어나가는 '자기 사랑'을 하는 사람이다. 나를 돌보고 내면을 들여다보는 일은 인문학뿐 아니라 경제적인 관점에서 모두를 살리는 길이기도 하다.

유교문화와 집단의 이념 속에서 자란 우리의 부모 세대에게는 '나'의 소외와 희생이 당연했다. 그런 세대의 감정을 먹고 자란 다음 세대의 K-장녀는 그냥 지나칠 수 없는 이름이다. 나의 생애를 돌아보는 '마흔'이라는 분기점과 'K-장녀'의 유기적 결합은 그동안 이유를 몰랐던 힘듦의 뿌리를 파헤칠 충분한 이유가 되어주었다.

『나는 마흔에 K-장녀를 그만두기로 했다』는 이러한 문화 속 감정의 대물림을 끊기 위해 시작되었다. 동시에 내 다음 세대인 두 딸들을 잘 양육하기 위해 나에게 들려주는 말이기도 하다. 나의 아이들은 자신의 삶을 즐거이 꾸려나갈 것이다.

그러나 이따금씩 고난을 마주한다면 이렇게 말해주고 싶다. 때로는 삶에서 크고 작은 금기를 깨야 하는 경우도 더러 생긴다고. 파격적으로 보일지라도 금기를 깨고 마음을 추스른 후 본연의 삶으로 돌아가 충분히 잘 살아갈 수 있다고. 엄마는 그 어떤 삶이든 너희의 삶을 적극적으로 지지하고 응원할 거라고 말이다.

마음챙김을 위한 여정에 첫발을 내디디기까지 나도 참 오래 걸렸다. 하지만 그 여정 속에서 마음챙김에 늦은 때는 없다는 사실을 깨달았다. 이제 스스로를 돌봐야겠다는 생각이 들었다면 용기내어 그 첫발을 떼보기를 바란다. 이제부터 '나'로 살아갈 용기가 필요한 K-장녀 그리고 대한민국의 모든 딸들에게 이 책이 도움이 되면 좋겠다.

자세한 이야기는 다음에 만나서 합시다. 진정한 '나'로 살아가는 당신의 이야기도 들려주세요.

나는 마흔에 K-장녀를 그만두기로 했다

초판 1쇄 인쇄 2024년 11월 30일
초판 1쇄 발행 2024년 12월 10일

지은이 잔디아이
발행인 정수동
편집주간 이남경
책임편집 김유진
디자인 Yozoh Studio Mongsangso

발행처 저녁달
출판등록 2017년 1월 17일 제406-2017-000009호
주소 경기도 파주시 문발로 142 니은빌딩 304호
전화 02-599-0625
팩스 02-6442-4625
이메일 book@mongsangso.com
인스타그램 @eveningmoon_book
유튜브 몽상소

ISBN 979-11-89217-40-2 03810